QUERIDA

LYGIA BOJUNGA

QUERIDA

Rio de Janeiro

2009

Copyright 2009 © Lygia Bojunga

Todos os direitos reservados à
Editora **CASA LYGIA BOJUNGA LTDA.**
Rua Eliseu Visconti, 421/425 - Santa Teresa
20251-250 - Rio de Janeiro - RJ
Tel.: (21) 2222-0266
Fax: (21) 2222-6207
e-mail: lbojunga@ig.com.br
www.casalygiabojunga.com.br

Printed in Brazil/Impresso no Brasil

Nenhuma parte desta obra pode ser apropriada e estocada em
sistema de banco de dados ou processo similar, em qualquer forma
ou meio, sem a permissão da detentora do *copyright.*

Projeto Gráfico: Lygia Bojunga
Assistente Editorial: Vera Abrantes
Foto da Capa: Lygia Bojunga
Foto da Orelha: Vera Abrantes
Produção: Roberto Gentile
Editoração Eletrônica: Roberto Gentile
Revisão: José Tedin
Auxiliar Geral: Paulo César Cabral

CIP - Brasil. Catalogação-na-fonte
Sindicato Nacional dos Editores de Livros, RJ.

B67q	Bojunga, Lygia Querida / Lygia Bojunga ; – Rio de Janeiro : Casa Lygia Bojunga, 2009 240p.
	ISBN 978-85-89020-21-3
	I. Romance brasileiro. I. Título.
09-1956	CDD 869.93 CDU 821.134.3(81)-3

O prólogo	9
O primeiro encontro	13
O intervalo	175
O sonho	180
O segundo encontro	184
Pra você que me lê	232

O prólogo

Foi ainda há pouco. Antes de dormir, gosto de folhear o jornal. De repente dei com aquela foto. O que me chamou a atenção foi a beleza da mulher. Só depois, lendo o texto, é que meu coração disparou: era ela, era ela, ah!... era, sim.

Em poucas linhas o obituário relembrava o sucesso e a fama alcançados por aquela mulher no passado; noticiava que ela tinha morrido de câncer após viver quase meio século numa espécie de clausura, sem nunca mais ter saído da casa que escolheu pra se isolar do mundo na região serrana do Estado do Rio de Janeiro.

Quanto mais eu olhava a foto, mais aquele rosto de mulher me atraía. Não era comum publicarem uma foto assim tão grande no obituário. O diagramador responsável pela página devia ter se sentido igualmente fascinado por ela, eu pensei, e imaginei ele querendo abrir espaço pr'aquele rosto completamente esquecido e que há muito tinha deixado de ser notícia. Mas ele estava tomado (assim que nem eu) pelo desejo de olhar bem grande aquele cabelo revolto, os lábios carnudos que desenhavam tão bem a boca um pouquinho só aberta, os olhos que encantavam o rosto de uma expressão surpreendente: convite que já antecipava rejeição; sensualismo que, paradoxalmente, era frio; espanto que era também desdém.

Meu coração batia forte. Eu estava assustado. Não conseguia mais relembrar da maneira como tinha sempre lembrado os dois dias tão intensos que passei na casa dela. Agora, em cada cena que a minha memória projetava, a Ella me aparecia com a cara que eu estava vendo pela primeira vez ali no jornal. Que coisa estranha!... minhas lembranças me forçavam a recriar a memória de todo um episódio de infância que tinha sido tão marcante pra mim.

O primeiro encontro

O menino parou em frente ao portão gradeado. Tinha custado a encontrar a casa; estava cansado. Procurou uma campainha; só viu um sino; tocou. Inspecionou o arvoredo que se estendia em volta; enviesou o olho através das grades e viu uma ladeira calçada com pedras largas. A ladeira vinha dar no portão e mostrava, na curva que fazia, a ponta do telhado de uma casa. O menino fez o sino badalar mais forte. E, depois, mais forte ainda.

Surgiu um homem na curva da ladeira; veio subindo sem pressa pro portão. Aparentava meia-idade. Parou em frente ao menino e se limitou a ficar aguardando.

— Eu queria falar com o Pacífico.

— Sou eu.

O garoto se espantou:

— É mesmo?

— Por quê?

— Nada, não, é que... eu não achei você com cara de Pacífico. — E depois de hesitar um pouco: — Eu sou o Pollux.

Foi a vez do Pacífico se admirar:

— Pollux?

O Pollux fez que sim.

— Que Pollux?

— O Pollux, ué.

— Mas que Pollux?

— O Pollux!! Então a minha mãe não falou com você que eu vinha? não combinou tudo com você?

— Comigo! Quando? E que mãe é essa?

Ficaram se olhando. A cara do Pollux começou a se complicar:

— Mas eu ouvi!

— Ouviu o que, menino?

Querida   *15*

— A minha mãe falando com você no telefone!
Explicando tudo. Tintim por tintim.

O Pacífico acompanhava com interesse o
movimento que acontecia na cara do Pollux: a
expressão de espanto ia mudando, o olho se
apertando, a testa se franzindo. E, quando o canto
da boca desabou, a cara virou a própria máscara
do desconsolo.

— Eu não vou voltar pra casa, não vou! Eu
vim pra ficar com você, foi muito difícil eu chegar
até aqui, tô morrendo de cansado, tô com uma fome
danada! Fiz bolha no pé de tanto andar, não volto
pra casa de jeito nenhum, nem que... — A voz
morreu no caminho; lágrima atrás de lágrima foi
despencando cara abaixo; a perna fraquejou, a
mochila caiu no chão, o Pollux se agarrou na grade
do portão e desatou a soluçar.

Pausa.

O Pacífico foi ficando perturbado:

— Calma, meu filho, calm'aí.

Mas o Pollux não se acalmava.

— Escuta, garoto, eu não conheço você, pelo jeito você tá procurando um outro Pacífico.

— É você mesmo! É você mesmo! — A voz saiu gritada, toda ensopada de choro.

— Fica calmo, sim? Vamos ver se eu posso te ajudar. — Tirou a chave do bolso, abriu o portão e fez o Pollux entrar. Pegou a mochila, fechou o portão e, em vez de voltar pelo caminho de pedra, foi conduzindo o Pollux pra uma pequena clareira que se abria no arvoredo em frente.

Tinha um banco morando na clareira; o Pacífico levou o Pollux pra lá:

— Descansa um pouco aí antes de começar a me explicar melhor essa história.

— Tô com fome — o Pollux respondeu fungando.

— Vou preparar um sanduíche pra você. — Deu as costas.

O Pollux se levantou prontamente e seguiu o Pacífico.

— Não, não! você fica aqui descansando. Eu não demoro.

— Mas eu tô com sede!

— Pode deixar, eu trago água também.

Foi só o Pacífico desaparecer na curva do caminho de pedra pra cara do Pollux traduzir uma preocupação funda. Voltou pro banco e sentou, pensativo. Mas, ao ver o Pacífico voltar acompanhado de água e comida, o olho brilhou, iluminando a cara toda.

O Pacífico sentou no banco, cruzou os braços e ficou olhando o Pollux devorar o sanduíche e esvaziar a garrafa d'água. Depois resolveu ignorar a expressão de "quero mais" que apareceu no rosto do menino.

— E aí?

— Aí o quê?

— Por que que você acha que eu sou o Pacífico que você está procurando?

— Então não é? — Se debruçou, abriu a mochila e tirou uma foto lá de dentro: — Olha aí você com a minha mãe.

O Pacífico olhou admirado pra foto:

— E não é que sou eu mesmo? Lá em casa! Olha só a rosa-trepadeira que morava perto da janela da sala e que entrava pela casa adentro. — Sorriu. — Eu vivia de olho nela pra não deixar formiga nenhuma chegar perto. Nem formiga nem... Mas cadê a tua mãe?

— Ué! taí no teu colo.

— Esse bebezinho aqui?

— Eu peguei essa foto no álbum que ela fez. Embaixo da foto ela escreveu: *Meu primeiro retrato; eu e o Pacífico.*

O Pacífico foi baixando a foto devagar; olhou desconfiado pro Pollux:

— Como é que ela se chama?

— Você não lembra? — O Pacífico não respondeu. — Iara.

— Ah, é: I-a-ra.

— Você não lembrava mesmo?

— É que faz muito tempo que eu saí de casa. Nunca mais voltei.

— Eu sei, a minha mãe contou.

— O quê?

— Um bocado de coisas de você.

— Por exemplo.

— Contou que você era o mais velho dos nove irmãos, e ela a mais moça. — Olhou pro Pacífico buscando uma confirmação, mas o Pacífico permaneceu impassível. — Certo? — O Pacífico acabou concordando com um gesto de cabeça. — Contou que você sempre foi diferente dos outros todos. — Esperou nova confirmação do Pacífico, que se limitou a um leve encolher de ombros. — Ela disse que você não gostava de conversa, mal falava com os outros, só com a tua mãe.

— Tua vó, não é?

— É... mas é que... a minha vó mesmo é a mãe do meu pai. A outra, que era mãe da minha mãe, eu nunca vi, não conheci, então eu nunca cheguei a chamar ela de vó, nem de coisa nenhuma.

— Por quê?

— O quê?

— Que você não conheceu ela?

— Ué! Então você não sabe? — O Pacífico ficou olhando pro Pollux sem dizer nada. — Então ela não morreu quando a minha mãe nasceu? — O Pacífico não disse nada. — Não foi??

— Que mais que a tua mãe te contou?

— De você? — O Pacífico fez que sim. — Bom... ela disse que todo mundo contava que com a tua mãe, sim, você conversava, e muito. Com ela e com as flores que ela plantava no quintal. Disse que a tua mãe adorava flor e que era você que cuidava delas. É mesmo?

— O quê?

— Que você conversava com flor?

— Conversava, não. Converso.

— Hmm... Tem muitas por aqui?

— Muitas. De uma só.

O Pollux ruminou a resposta. Depois:

— Só tem uma flor nisso tudo aqui? Quer dizer, um tipo só de flor?

— É. Mas, em compensação, tem muitíssimas árvores nativas diferentes, e várias dão flor também. — Fez um gesto largo que abrangia toda a mata.

— Aposto que a tal da única flor é rosa.

— Errou. Orquídea. Conhece?

— Assim de nome, não; mas, quem sabe, vendo a cara... Onde é que elas tão? — O Pacífico fez um gesto de cabeça. O Pollux se levantou: — Vou lá ver.

— Depois.

— De quê?

— De você me contar mais.

— Do que eu sei de você?

— Pode ser.

O Pollux sentou de novo. Se concentrou:

— Bom... um dia a minha mãe contou... quer dizer, não foi ela que contou, foi o tio Egeu.

O Pacífico meio que estremeceu:

— O Egeu!... Ele está bem?

— Tá. Eu acho o tio Egeu bem legal, sabe. Ele ia muito lá em casa jogar xadrez com o meu pai, mas depois que... — A fala caiu. A cara pegou uma expressão doída. A fala se levantou devagar: — Mas depois ele não foi mais... — De repente a voz se animou e a cara também: — Uma vez o tio Egeu contou uma coisa de você que eu achei superlegal. — Ele contou que você queria ser ator, que você adorava teatro. Foi aí que eu comecei a achar que a gente era parecido: você e eu.

O Pacífico ficou interessado:

— Você gosta de teatro, é?

— Comecei a gostar este ano. Um grupo de teatro foi fazer um espetáculo lá na escola. Achei bárbaro. E adorei quando a diretora resolveu contratar o grupo pra fazer oficina com a gente.

— Escuta aqui, Pollux, quem é que escolheu o teu nome, hein?

— Meu pai.

— Se não me engano, Pollux era um deus da mitologia grega...

— Era. Mas o meu pai disse que ele não era nenhuma celebridade por lá. Meu pai sempre leu história pra mim, sabe. Desde que eu era desse

Querida 23

tamanhinho. Depois, quando eu fui ficando maior, ele começou a me contar histórias daqueles deuses todos lá do Olimpo. — Assumiu uma expressão pensativa e triste: — Às vezes eu acho que o meu pai podia ter escolhido outro deus pro meu nome. — A expressão mudou de repente: ficou resoluta: — Mas, se ele escolheu, tá bom. Sabe? Quando o tio Egeu disse que você queria ser ator, a minha mãe falou: querer ele queria, mas acabou cozinheiro. É verdade?

O Pacífico fez que sim.

— Na última vez que o tio Egeu foi lá em casa jogar xadrez com o meu pai, ele contou que você virou *chef* de cozinha. "Celebridade do fogão", foi assim que ele falou. Disse que televisão e tudo foi no restaurante te entrevistar. Contou que, quando viu você no telejornal com aquele chapeuzão de *chef* e um avental até aqui, nem deu pr'acreditar. Mas aí você já tinha saído de casa, não é?

O Pacífico fez de novo que sim. O Pollux ficou um tempo sem dizer nada. Depois suspirou:

— Pois é... Mas só no mês passado é que eu fiquei sabendo o resto de você.

O Pacífico olhou pro Pollux com uma expressão meio curiosa, meio divertida:

— O *meu* resto? E qual é o *meu* resto?

— Bom... a tal... a tal paixão que você teve e que... te fez largar tudo e ir atrás dela... Ele disse que a última notícia que a família teve de você já faz mais de dez anos... — Olhou de rabo de olho pro Pacífico: — Foi uma carta de despedida que você mandou pra família quando veio se encontrar com ela... a tal paixão... aqui... neste lugar. Você mandou a carta pro meu avô e...

— Ele está vivo?

— Até eu decidir vir pra cá, tava, sim. — Ficou pensativo; depois voltou ao que estava contando: — O meu avô mandou tua carta pro tio Egeu, e a carta foi passando de um irmão pro outro. A minha mãe é a mais nova, então ela foi a última que recebeu. E aí a carta ficou lá em casa e foi morar no álbum da família. Minha mãe botou lá. E eu... — suspirou — eu roubei ela pra mim. — Se inclinou e sacou a carta da mochila: — T'aqui.

Devagar, sem tirar o olho do envelope, o Pacífico foi se apoiando no encosto do banco.

Pegou a carta. Examinou o selo, o carimbo. Virou o envelope. Não tinha adiantado omitir nome e endereço do remetente: ali estava um membro da família sentado ao lado dele. Foi invadido por uma sensação de estranheza: pela primeira vez, em dez anos, o passado se intrometia fisicamente no isolamento que eles tinham escolhido pra viver: ela e ele. Retirou do envelope, sem pressa alguma, a carta que tinha escrito à família:

Meu pai, meus irmãos

Convivemos vários anos, e vocês sabem, tão bem quanto eu, que a convivência foi difícil. Ficou ainda pior depois que a mãe morreu. Ela foi a única pessoa com quem consegui realmente me comunicar; a única com quem tive uma relação feliz. Não boto culpa em ninguém por essa dificuldade; nem mesmo em mim: cada um é o que é; fazer o quê? Mas o fato é que sempre me senti muito diferente de vocês, um verdadeiro estranho no ninho. A necessidade que eu tenho, desde pequeno, de me dedicar plenamente, intensamente, a alguém ou a alguma coisa foi preenchida quando, como irmão mais velho, eu pude ajudar a mãe a criar e cuidar de cada um de vocês. Mas preciso confessar que fiz isso por dedicação a ela, e a ela só. E foi ainda em memória dela que muito cedo comecei a trabalhar em empregos que não me interessavam e que me eram até penosos, mas que, no fim do mês, ajudavam a pagar as contas da casa.

Com a morte da mãe, o vazio se instalou dentro de mim. Quando passei a ganhar melhor, como chef num bom restaurante, fui morar sozinho: tinha, afinal, sido possível ter meu canto e, ao mesmo tempo, continuar prestando a vocês a ajuda financeira que até o mês passado prestei.

Nos últimos anos tivemos poucas notícias uns dos outros, e o fato de vocês, como eu, não terem se empenhado em amiudar as notícias me pareceu confirmar o que sempre suspeitei: para vocês, a minha ausência era mais confortável do que a minha presença. O que acho natural: mesmo que minha natureza justifique o nome que você escolheu, meu pai, sei muito bem que não sou pessoa de convivência fácil.

Tempos atrás, quando eu ainda morava com vocês, me apaixonei por uma mulher. Se a mãe fosse viva, eu teria contado a ela a história acidentada dessa paixão. Não pretendo esmiuçar essa história aqui. Desejo apenas contar que ficamos alguns anos sem nos ver – eu e o objeto da minha paixão.

Recentemente nos reencontramos, e eu escolhi abandonar meu trabalho, minha casa, minha cidade, meus hábitos, tudo, e vir viver junto dela, no lugar retirado onde ela mora faz tempo. Nos comprometemos a não deixar ecos das nossas vidas passadas chegarem até aqui. Portanto, não darei mais notícias.

Desejo que vocês, meus irmãos, consigam fazer da Vida um lugar bom para morar. E desejo que você, meu pai, possa continuar suas pesquisas por muitos e muitos anos: é mergulhado nelas que você sempre encontrou sua verdadeira morada.

Adeus.

Pacífico.

Assim que o Pollux viu o Pacífico baixar a carta e olhar pro arvoredo, quis logo saber:

— Agora você não duvida mais que você é o Pacífico que eu tava procurando, não é?

— É. — Devolveu a carta pro Pollux.

— E que você é meu tio de verdade, não é?

— É.

— Pois é: então é você mesmo que pode me ajudar.

— A quê?

— A ficar aqui morando.

— Aqui?! Comigo?!

— É, ué, eu não tenho mais onde morar, eu não tenho mais família. — Veemente: — Eu perdi a minha família, Pacífico, eu não tenho pra onde ir, só você pode me salvar!

— Perdeu sua família como? Como!

— O meu pai morreu! — Uma lágrima foi aparecendo no canto do olho: — O meu pai morreu, Pacífico! Ele não podia ter morrido, não podia de jeito nenhum! Não sei como é que ele foi fazer uma coisa dessas comigo. Agora eu não tenho mais família, tô sozinho no mundo.

— Mas a Iara também morreu?

— Morreu tudo, meu pai, minha mãe, até o Castor morreu.

— Teu irmão?

— Não, o meu cachorro! Tá tudo morto. Pra mim tá tudo morto, você precisa virar meu pai.

— Eu?!

— Você e a tua família têm que me adotar: eu não vou aguentar viver sem família, não vou. — E desatou outra vez a chorar.

O Pacífico olhou pra ele intrigado.

Pausa.

O Pollux fungou e acabou declarando:

— E, pra piorar tudo, eu tô com uma vontade danada de ir no banheiro. Me leva até lá?

O Pacífico hesitou. Depois se levantou:

— Vamos. Mas deixa eu te avisar uma coisa, Pollux: eu não tenho família; essa casa aí não me pertence; eu apenas trabalho aqui.

O choro do Pollux cessou bruscamente; nem lágrima apareceu mais. O que apareceu foi uma ruga de preocupação na testa. E, de ruga à mostra, ele foi seguindo devagar o Pacífico: ele, a ruga e, na lembrança, tudo que

tinha acontecido naquele dia desde a primeira
claridade da manhã.

O Pollux estava de olho na janela quando
apareceu a primeira luz do dia. Feito coisa que ele
já tinha ensaiado uma porção de vezes a cena que
ia representar, levantou de mansinho, abriu
devagar a porta do quarto e, sem fazer o menor
ruído, foi pro banheiro. Quando acabou de lavar
o rosto e escovar os dentes, botou escova e pasta
no bolso do pijama e saiu na ponta do pé. Já no
quarto, apressou os movimentos: pegou a mochila
debaixo da cama, com tudo que ia levar já
arrumado dentro; juntou o pijama com o resto; se
preparou como se preparava todos os dias pra ir
pra escola: uniforme, tênis, carteirinha de
estudante no bolso, mochila nas costas. Foi indo
pra porta dos fundos se despedir do Castor,
feito todo dia fazia quando saía. Se deteve a

tempo: ele era capaz de latir, de querer vir atrás, de acordar os dois... Mas, ir embora assim? sem fazer nem uma festinha no Castor?... E ela?... Ir embora sem nem escrever uma palavrinha pra ela?... Respirou fundo. Deslizou pra porta da frente, saiu sem fazer ruído algum e se despencou escadas abaixo pra nem se arriscar a ficar esperando o elevador.

Que alívio quando chegou na portaria e viu o porteiro da noite reclinado na cadeira, dormindo a sono solto! Abriu e fechou depressa o portão, disparou pela calçada, dobrou na esquina, correu todo o quarteirão, dobrou na outra esquina, só parou quando chegou no ponto do ônibus. Pronto! Tinha dado tudo certo, ninguém tinha visto ele sair de casa. E só então se deu conta de que, àquela hora, a rua era um deserto.

Não demorou nada pro medo chegar. E se ele fosse assaltado? quem é que ia socorrer? Não era melhor esconder no tênis o dinheiro que ele tinha conseguido juntar? E se levassem o tênis também? E se fosse sequestro? E se chegasse mais de um? Uma gangue! De revólver na mão! Ou será que ia ser faca? Quem sabe caco de vidro? Já ouvia as vozes dos assaltantes: passa logo tênis, grana, jaqueta, tudo, seu filhinho da mãe!

De coração sacudindo o peito, começou a recitar pensado os versos do *Y-Juca-Pirama,* que tinha decorado tempos atrás pra recitar pro pai.

Tu choraste em presença da morte?
Na presença de estranhos choraste?
Não descende o covarde do forte;
Pois, choraste, meu filho não és!...

A risada do Pai entrou forte na lembrança do Pollux. A recitação emudeceu. Como era gostosa a risada dele! "Sabia que você leva jeito pro teatro, Pollux? Eu sei, meu filho, eu sei: esses versos são pra gente chorar e não pra rir, mas é que eu não esperava ver você recitar o *Y-Juca* com tanta emoção. Achei graça: o que que eu posso fazer?..."

A risada do Pai ficou ecoando na lembrança do Pollux, fazendo ele esquecer o assalto que ia acontecer, a grana que ia desaparecer, a aventura que tinha começado a viver. Mas fazendo também o Pollux sentir uma tristeza tão grande, que teve que trincar os dentes pra soluço nenhum sair. E agora, em vez de recitar o *Y-Juca-Pirama*, ele recitava a pergunta mil vezes recitada lá dentro da cabeça: por que, pai? por que que foi acontecer isso com a gente, por quê? A pergunta só sossegou quando o ônibus apontou na esquina.

O Pollux entrou na rodoviária e foi direto pro guichê. Olhou pro vendedor de bilhetes e parou intimidado: achou o homem mal-encarado: na certa ia querer dificultar tudo: cadê sua mãe? seu pai? alguém da família? trouxe autorização? menor não viaja sozinho de uma cidade pra outra. Achou melhor procurar outro guichê. Dessa vez era uma mulher de óculos e unha pintada de verde que vendia as passagens. Parecia tão mal-humorada, que o Pollux achou ela ainda pior de enfrentar. O melhor era dar um tempo. Se afastou dos guichês e ficou olhando quem ia e quem vinha. Lá pelas tantas o olho bateu num menininho. Mirrado. Encolhido. Parecendo se sentir ainda menor por dentro do que por fora. Estava sentado numa mala pequena e velha, amarrada com um barbante grosso.

A mala estava encostada contra a parede, ao lado do portão de entrada. O menininho não estava só: sentada junto dele, uma velha cabeceava de sono.

A Velha tinha cara de muito velha. O cabelo dela, todo branco e solto até o ombro, esvoaçava um pouco quando soprava uma brisa mais forte lá de fora. O vestido que ela usava era escuro, surrado e cheio de pintinhas brancas. O Pollux então se lembrou de um livro que o pai tinha dado pra ele no passado. O livro contava a história de uma galinha-d'angola, e a galinha aparecia na capa do livro feito enfiada no vestido da Velha. O sapato da Velha era uma sandália havaiana tão desbotada e gasta que nem dava pra gente saber que cor que era. E a Velha segurava firme uma sacola de plástico com não-se-sabe-o-quê lá dentro.

O menininho e a Velha estavam sentados bem grudados um no outro, feito coisa que queriam se aquecer mutuamente. E, de fato, a manhã estava um pouco fria.

O menininho usava camiseta e short. Tanto um como outra, surrados e escuros. O que mais sobressaía no menininho eram as sandálias. E foi nelas que o olho do Pollux parou: eram de um plástico avermelhado e retalhado em tiras finas, que, com exceção de uma, estavam arrebentadas. Como se isso fosse pouco, aquele que foi dono das sandálias antes do menininho tinha o pé muito maior.

Querida 37

Foi nessa hora que a tal tristeza, que já tinha visitado o Pollux lá no ponto do ônibus, apareceu outra vez. E quanto mais o Pollux olhava pros dois, mais a tristeza aumentava. Era sempre assim quando ele via gente naquele estado: se sentia invadido por uma tristeza que nunca chegava sozinha, vinha sempre acompanhada de uma estranheza: por quê? por que que tinha gente vivendo assim? Foi se chegando pra perto da dupla. Acabou se encostando na parede, bem perto do menininho.

A Velha tinha se rendido ao sono: cabeça caída no peito, volta e meia um ron-ron fraquinho.

O Pollux e o menininho se olharam. Mas se sentiram sem jeito um com o outro e se desolharam.

Pausa.

De repente apareceu uma ideia forte na cabeça do Pollux. Tão forte, que foi logo empurrando pro lado a pena do menininho e da Velha e o medo dos funcionários no guichê. A ideia fez o Pollux voltar o olhar pro menininho e saudar:

— Oi!

A Velha meio que acordou, meio que olhou pro Pollux, meio que deixou pra lá: dormiu de novo. E o menininho, depois de uma hesitação inicial, respondeu pequeno:

— Oi.

— Vocês tão viajando pra onde?

— O quê?

— Vocês tão viajando?

O menininho fez que sim.

— Pra onde?

O menininho respondeu com um muxoxo e um encolher de ombros.

— Pra onde, cara!

— Pr'aqui.

O Pollux se abaixou pra ficar mais da alturinha dele:

— Pra onde?

— Pr'aqui!

— Mas aqui é a rodoviária; você tá viajando pra rodoviária, é? — Forçou um riso.

— É.

— Mas, se a rodoviária é aqui, você já chegou, não tá mais viajando. É ou não é?

— É.

— Então?

— O quê?

— Você já chegou?

— Já.

Pausa. Os dois se olhando.

Mas a ideia era forte: empurrou o Pollux pro lado da Velha e fez ele pegar e sacudir o braço dela. A Velha acordou e se empinou num solavanco:

— Que foi?

— Não foi nada não, senhora, eu só queria saber pra onde é que vocês tão viajando.

A velha passeou um olhar sonolento em volta e depois respondeu que, de momento, eles não estavam viajando pra lugar nenhum.

— Faltou dinheiro pra passagem, é?

A Velha pegou um ar de acordada e a cara dela se admirou toda:

— Ué! como é que cê sabe?

O Pollux já ia respondendo que só de olhar pra eles já dava pra ver, mas se segurou. E falou:

— É que... parece que essa história de grana anda meio difícil, não é?

A Velha desanimou:

— Muito, meu filho, muito. — Sacudiu a cabeça. — Muito. — Virou a cabeça pro menininho. — Não é, Bis?

— Muito — ele repetiu.

O Pollux estranhou:

— Ele se chama Bis?

— É. Tirei o neto, ficava mais fácil.

— Ele é seu bisneto? — Ela fez que sim. — E a senhora chama ele pelo que ele é, é? — Primeiro ela ruminou a pergunta, depois fez que sim com a cabeça. — Por quê?

— Ah, meu filho, deram um nome muito complicado pra ele, eu nunca aprendi a dizer direito. E ele gosta que eu chame ele de Bis, não gosta, Bis?

O Bis fez um ar assim de que tanto faz como tanto fez. Mas o Pollux tinha ficado curioso; sondou a cara do Bis e perguntou:

— E como é que o resto da família te chama?

— Minha família não tem resto...

O Pollux olhou pra Velha.

— Não é bem assim, Bisinho: tem resto, sim; só que tá no Piauí.

— No Piauí, lá no Nordeste?

— No Piauí. Já faz tempo que a gente veio pra cá num caminhão assim de gente. Tudo em pé. Feito boi. Minha filha não aguentou a viagem: ficou no caminho. Meu filho não arrumou emprego aqui no Rio e foi ver se dava mais sorte em São Paulo. Se deu ou não deu, eu não sei. Só sei que nunca mais deu notícia. Um dia a gente foi atrás dele: família é família, né? Mas sabe que a gente nunca se achou? — Suspirou cansada. — São Paulo é grande.

E o Bis:

— Muito...

— Aí, já que a gente tava lá, a gente ficou.
Minha neta... — gesto de cabeça pro Bis — ...a mãe
dele, moça boa, trabalhadeira, nunca ficou
desempregada, tava até juntando dinheiro pra
comprar uma casinha... — Novo suspiro. — Mas aí ela
vai e se apaixona por um... é... — Franziu a testa,
pensativa, e depois virou a cabeça pro Bis. — Como é
mesmo que chamava a profissão do teu pai?

O Bis endireitou o corpo, levantou o queixo e
pronunciou pomposo:

— Agente do tráfico.

— Isso. Aí, um belo dia, sumiram com ele.
Minha filha foi atrás. Morreu.

O Pollux estava chocado:

— Morreu?!

A Velha ficou olhando pro chão. O Bis achou
que tinha que se pronunciar e outra vez se endireitou
e empinou o queixo:

— Bala perdida.

O olho da Velha foi ficando sonolento de novo,
mas, em meio a um bocejo, ela ainda contou:

— Aí a gente foi vivendo com o dinheirinho que ela tinha economizado, foi vivendo, o Bis foi crescendo, o dinheiro foi encurtando... — Olhou desanimada pro Pollux: — Nunca vi coisa pra encurtar tão depressa. Não é, Bisinho?

O Bis, já esquecido do ar pomposo, se limitou a um "é" fraquinho.

— E aí eu vi que o jeito era ir ver se ainda tinha resto de família lá no Piauí.

O Pollux mal acreditou:

— Vocês tão indo pro Piauí?

— A gente tava. Só que chegou aqui no Rio e o dinheiro acabou.

E o Bis reforçou:

— Grana, que é bom, ó...

A Velha não gostou:

— Já disse pra você não fazer esse gesto! Se a gente não mostra que tem educação, aí mesmo é que ninguém ajuda! — Se virou pro Pollux, mas o Bis puxou ela pelo cabelo e segredou:

— Vê se ele ajuda a gente com uma média e um pão. Tá doendo. — Alisou o estômago: — Aqui.

A Velha fez que sim com a cabeça e se inclinou pro Pollux:

— Escuta, meu filho, será que dava pra pagar uma média e um pão com manteiga pra gente?

O Pollux hesitou: o dinheiro que ele tinha juntado pra viagem era pouco. E se a grana acabava antes dele chegar na casa do Pacífico? Mas também não podia deixar a Velha e o menino ali com fome, podia?

— Paga? — o Bis reforçou.

A tal ideia se intrometeu de novo na cabeça do Pollux e desatou a cochichar. O Pollux então se decidiu: fez um gesto de cabeça pro Bis.

— Vamos lá buscar o pão e o café.

— Com leite — o Bis explicou, pulando pro chão. E tomou a dianteira a caminho da lanchonete.

O Pollux entregou a média e o pão pro Bis e se virou pra pagar. Quando se desvirou, na mão do Bis só tinha o copo vazio e na cara só tinha olho pedindo mais. Mas o Pollux só estava prestando atenção nos cochichos da ideia. Voltou depressa pra junto da mala e entregou a média e o pão pra Velha. Ela olhou pro Bis:

— E ele?

— Já comeu.

— Hmm. — Num gole, ela esvaziou metade do copo e estendeu a outra metade pro Bis. Numa dentada, ela sumiu com metade do pão e entregou a outra metade pro Bis. E, como as metades sumiram logo, o Pollux resolveu também se apressar:

— Vocês querem viajar comigo? Eu pago a passagem. — A cara da Velha virou um espanto que só vendo. — A gente vai lá... — o Pollux apontou o guichê — ...a senhora pede três bilhetes e diz que tá viajando com seus dois netos.

— Bis.

— Tô achando melhor dizer que é neto, senão aquele cara de rinoceronte ainda é capaz de achar que a senhora tá muito... que a senhora não vai dar conta de nós dois na viagem.

A Velha meio que encolheu o ombro. Suspirou. Levantou. Pegou a mala e impulsionou o corpo pra frente. Deu poucos passos; parou ofegante; a mala foi pro chão. O Bis assumiu um ar importante e tentou levantar a mala. Quem diz? O Pollux ajeitou melhor a mochila nas costas e carregou a mala até o guichê.

— Três passagens pro Piauí — a Velha pediu.

O Pollux se alarmou:

— Não! não! peraí! não!

A Velha não se alterou:

— Então tá. Não precisa três, não, moço: o Bis é pequenininho, pode viajar no meu colo. Me dá duas.

— Não, não! calm'aí! — Puxou a Velha pra trás: — A gente não vai pro Piauí, não! a gente vai pra Pedro do Rio.

— É perto do Piauí?

— Não! Sabe onde é Petrópolis?

— Não.

— Sabe onde é Itaipava?

— Não.

— Pois é lá pr'aqueles lados. Só que mais adiante um pouco.

— É perto ou longe do Piauí?

— Longe.

— Mas então o que que a gente vai fazer lá?

O cara mal-encarado do guichê reclamou:

— Vocês querem fazer o favor de ir cochichar noutro lugar? Olha aí a fila!

A Velha se afastou com os dois *netos* e avisou:

— A mala fica aí marcando o lugar da gente, viu? — Virou pro Pollux: — Mas, e aí?

— O quê?

— E o Piauí?

— É o seguinte: a senhora tá querendo ir pro norte, não é?

— Pro Piauí.

— Mas a senhora tá vindo de São Paulo, quer dizer, a senhora tá vindo do sul. Já chegou aqui no

Rio, quer dizer, já chegou mais pro norte, mais pra perto do Piauí. A senhora chegando em Pedro do Rio.... porque é lá que eu vou ficar, viu?... a senhora chegando lá já andou mais um pedaço na direção do Piauí, quer dizer: tá esquentando... Certo?...

A Velha foi ficando outra vez sonolenta; o olho meio que fechou.

— ...e, de pedaço em pedaço, uma hora dessas a senhora chega lá.

— No Piauí?

— É.

— Então tá. — Voltou pra junto da mala e anunciou pro funcionário do guichê: — Três passagens pra... — Se virou pro Pollux: — Como é mesmo o nome?

— Pede duas, o Bis vai no colo — o Pollux soprou. E foi com alívio que viu a Velha levantando dois dedos e falando com bastante convicção:

— Duas passagens pro Pedro: o meu neto pequeno vai no colo.

— Que Pedro? — o funcionário rosnou.

— Do Rio! — o Pollux ajudou.

— Mais barato ou mais caro?

Pausa geral de incompreensão.

— Mais barato é indo por Petrópolis e lá trocando de ônibus pra Pedro do Rio.

— Mais barato! — o Pollux se adiantou.

O funcionário anunciou o preço e passou os bilhetes pra Velha sem nem sequer olhar pro Pollux ou pro Bis.

"Caramba!", o Pollux lastimou, "era capaz dele ter me vendido o bilhete sem nem perguntar por acompanhante nenhum."

— E agora? — o Bis perguntou quando desembarcaram em Pedro do Rio. — A gente vai comer outro pão com manteiga?

"E agora?", o Pollux se perguntou. Como é que ele ia descobrir a casa do Pacífico, se só sabia que era "por ali" que ele morava?...

— E agora? — a Velha cochichou pro Bis. — Se eu não vou no banheiro JÁ, vai ser uma vergonha.

— A gente tem que ir no banheiro! — o Bis berrou, achando que, quanto mais gente ouvisse, melhor.

Deu certo: uma senhora logo se aproximou solícita:

— Lá, filhinho — apontou —, lá naquele barzinho tem banheiro.

— Toma conta da mala — a Velha recomendou pro Pollux. Pegou o Bis pela mão e lá se foram pro barzinho.

O Pollux calculou quanto tinha sobrado de dinheiro depois de ter pago o lanche na rodoviária e as passagens de ônibus. Pouco. Resolveu não gastar mais nada antes de encontrar o Pacífico. E se não encontrasse? Ia ter que voltar pra casa? Não! Ele tinha que encontrar! Mas falar com quem? pedir ajuda a quem? se ele não conhecia ninguém ali? Sentiu uma sensação ruim chegando. Medo? Medo, sim. E agora? Começou, lá dentro da cabeça dele, a recitação do *Y-Juca-Pirama*. O jeito era sair por ali perguntando: alguém devia conhecer o Pacífico e informar onde é que ele morava. O lugar era pequeno, ele tinha visto pela janela do ônibus, alguém *tinha* que conhecer o Pacífico. Tentou, de novo, se concentrar na recitação: *...não descende o covarde do forte; pois, choraste, meu filho não és...*Viu o Bis saindo do barzinho. O medo fez uma ameaça de virar pânico. E agora? O que que ele fazia com aqueles dois? Não esperou a dupla chegar perto, apontou pra mala e gritou:

— T'aqui a mala! Tenho que ir m'embora! Tchau! Boa sorte! Tudo de bom! — E o *tchau* seguinte já saiu rua afora junto com o Pollux, sem dar tempo da Velha e do Bis se recuperarem do susto-desalento de ver sumir o companheiro de viagem.

Quando o Pollux saiu do banheiro, o Pacífico perguntou se ele ainda estava com fome.

— Bom, Pacífico, se você quer me dar mais comida, eu não vou dizer que não...

Foram pra cozinha.

— Puxa, que cozinha mais legal essa!

— Tem aqui uma torta de maçã, quer?

— Ainda pergunta?

— Quer um suco de laranja?

O Pollux levantou o polegar.

— Que fogãozão! Quem é que cozinha aqui?

— Eu. Senta aí. — Botou a torta e o suco na mesa grande, antiga, que ocupava o centro da cozinha. Se sentou e ficou em silêncio, olhando o Pollux comer e beber com entusiasmo. Depois se levantou, foi pra janela e ficou olhando a mata. Só se virou quando ouviu o Pollux declarando:

— Pronto! Agora, sim, a situação melhorou.

— Ótimo! Então você pode me contar a tua história. — E se sentou pra ouvir.

— Pra quê? Então a minha mãe já não contou tudo pra você quando te telefonou dizendo que eu vinha pra cá?

— Mas que história é essa? Ora você diz que a tua mãe morreu, ora você diz que...

— Eu não disse que ela morreu, eu disse que é como se ela tivesse morrido...

E quem é que deu pra ela o número do telefone desta casa?

— Ah, isso eu não sei.

— Mas você tem o número, não tem?

— Sabia que eu esqueci em casa? Vê se pode.

— Mesmo?

— Hmm-hmm.

— Ora, que pena! Bem que eu queria saber pra quem que a tua mãe contou a tua história...

— Ué! Mas não foi você que atendeu o telefone?

— Nesta casa não tem telefone, Pollux. E eu nunca dei o número do meu celular pra ninguém.

O Pollux hesitou. Mas se recuperou depressa:

— Viu? viu? É o que eu tô sempre dizendo: a minha mãe é mesmo muito boba: foi logo despejando toda a minha desgraça pelo telefone sem nem parar pra perguntar se era você mesmo que tava falando.

— Desgraça?

— Desgraça, sim, Pacífico. Quer ver um desgraçado? — Se levantou e bateu no peito. — Aqui está. — Deu dois ou três passos lentos, de cabeça baixa. Quando levantou o olhar pro Pacífico a cara era a própria máscara da tragédia: — Meu pai morreu no ano passado. Atropelado. Em frente lá de casa. Atravessou a rua distraído, sem nem olhar pro sinal, que tava vermelho pra ele. Morreu na hora, tá? Ele era um cara superlegal, você precisava ver. Não passava um dia sem contar história pra mim. Ou contava, ou lia. Mas sem história é que eu não ficava. Quando eu te digo que ele era superlegal, não é só porque eu achava ele o máximo: todo mundo também achava. Cansei de ouvir gente dizendo pra minha mãe: "Você é uma mulher de sorte: casou com um homem maravilhoso!" Você precisava ver como ele adorava a minha mãe. Mas, também, ela é linda, sabe, ela

Querida

é linda! A gente era assim, ó — juntou os dedos —,
nós três. E aí ele vai e morre. — Silenciou e, outra
vez, deu uns passos lentos, olhando pro chão. — E
depois ainda aconteceu coisa pior, Pacífico. — Se
sentou. Parecia que ia desabar em soluços. Mas
respirou fundo e continuou a contar: — E não é
que a minha mãe vai e casa com outro cara? Sabe
quanto tempo depois do meu pai ter morrido?
— Levantou a mão espalmada. — Cinco meses
depois! — Sacudiu a cabeça. — Mas ainda tem o
pior, Pacífico, muito pior: o cara me detesta!
Eu não fiz nada pra ele, mas ele não aguenta nem
olhar pra minha cara. Ele quer que eu morra
atropelado que nem o meu pai morreu. — Abaixou
a voz. — Ele pensa que eu sou bobo e que não
saquei que ele quer ficar com a minha mãe só pra
ele. — Olhou pros lados pra se certificar de que
ninguém estava ouvindo a conversa. Não satisfeito,
foi até a porta, na ponta do pé, espiar se tinha
alguém por perto. Voltou. Sentou mais perto do
Pacífico e cochichou: — Você não vai nem querer

acreditar, mas ele já tentou me matar três vezes. Na primeira, eu ainda pensei que tinha sido sem querer: ele me empurrou na plataforma do metrô pra eu cair na frente do trem que vinha chegando. Por um triz que eu não caí! Quando me virei, ele começou a dar uma bronca no homem que tava ao lado, dizendo que o homem tinha esbarrado nele e que ele tinha caído por cima de mim. Mas, da segunda vez, eu saquei mesmo que ele tava querendo me tirar do mapa. A gente foi fazer um passeio no sítio de um amigo dele que cria peixes nuns lagos fundos que só você vendo. Quando a gente chegou lá, ele inventou uma história pra poder ir sozinho comigo num lago daqueles. Ele sabe que eu não sei nadar, Pacífico. Se tem coisa que não combina comigo é água fria. E a minha mãe avisou bem pra ele: não deixa o Pollux chegar muito perto da água que ele não sabe nadar. Mas foi só chegar no lago que ele me empurrou com toda a força, e eu caí naquela água escurona. Nunca berrei tanto na minha vida. Eu já tava me afogando quando ele viu

um empregado do sítio chegar correndo pra ver
que berreiro era aquele e se jogou dentro d'água
pra fingir que tava me salvando. Uma água gelada e
horrível! E eu bebi uma tonelada dela, já pensou?
Acho que até peixe eu engoli. Aí ele ficou com
uma raiva danada dessa minha teima de não morrer
e deu pra me bater. — Chegou ainda mais pra
pertinho do Pacífico. — E eu sei que ele bate
também na minha mãe: quando eu ia de noite
escutar na porta do quarto deles, então eu não
ouvia ela gemendo? Ele é horrível, Pacífico, ele
morre de ciúmes dela. E o pior é que ela gosta dele
assim mesmo; e quando eu contei pra ela que ele
tava querendo me matar ela não acreditou. Aí, sabe,
na terceira vez que ele quis me apagar, isso foi na
semana passada, ele resolveu que eu ia morrer
igualzinho feito o meu pai tinha morrido. Me
convidou pra ir ver um filme lá na Barra e deixou o
carro no estacionamento. Na volta, já tava
escurecendo e o pé dele apertava cada vez mais o
acelerador. De repente, ele se virou assim todo pro

meu lado, abriu a porta, me empurrou pra fora do carro, bateu a porta e seguiu em frente. Foi um terror, Pacífico, um terror! O carro que vinha atrás freou em cima de mim, e foi um tal de tudo quanto é carro que vinha disparado atrás ir batendo um no outro, que você não imagina. Naquela confusão toda, o carro dele sumiu de vista e foi a mulher que quase me atropelou que acabou me dando uma carona de volta pra casa. Você precisava ver a cara dele quando eu entrei: nem podia acreditar que eu tava lá na frente dele, vivinho até não poder mais. E, daí pra frente, cadê coragem pra sair de perto da minha mãe? De noite, eu só parava de tremer de medo se ela vinha dormir na minha cama. Mas aí ele convenceu ela a ir dormir de novo com ele. Então eu vi que não tinha outro jeito de escapar daquele inferno: vim morar com você.

Grande pausa.

De cotovelo fincado na mesa e queixo apoiado na mão, o Pacífico olhava pro Pollux. Afinal, perguntou:

— Me diz uma coisa: como é que você... que vocês... descobriram onde eu morava?

O Pollux se limitou a abrir a mochila, tirar a carta lá de dentro e mostrar o carimbo no envelope:

— Aí tem o nome deste lugar. Foi só procurar onde ficava.

— Mas, Pollux, este sítio aqui é bem distante lá do centro. Como é que você chegou até esta casa... escondida como ela é.

— Perguntando pelo Pacífico, ué! Não é todo mundo que se chama Pacífico. Se você se chamasse João ou José, ia ficar mais difícil. Perguntei na padaria, na farmácia, no mercado, no posto de gasolina, no correio, fui de porta em porta, tô nisso há horas!, morrendo de cansado. E o ruim é que eu não podia descrever como é que você é, porque eu não sabia. Só quando eu disse pr'uma mulher que você era um Pacífico que gostava de flor é que ela disse "aaaaah! deve ser o tal homem das orquídeas"... e me ensinou como é que eu chegava até aqui.

— Mas são dez quilômetros! Você veio a pé?

— Fazer o quê? Não passou carro nenhum pra me dar carona...

O Pacífico olhava pro Pollux cada vez com mais interesse.

— Você veio sozinho do Rio?

O Pollux hesitou. Depois:

— Sozinhíssimo.

— Mas por que que você... me escolheu? Eu não sou o único irmão da tua mãe, você sabe, não é? Somos nove irmãos. Nove! Já pensou quanto tio, quanta tia, quanto primo você tem, sei lá, mas deve ter, e todos, na certa, morando lá perto de você... Por que que você foi me escolher pra te ajudar nessa... nessa crise que você está vivendo? Logo eu, um cara que você nunca viu na vida...

O Pollux disfarçou um bocejo; tinha começado a sentir o cansaço do dia intenso que estava vivendo desde o momento em que saiu de casa ao romper da madrugada.

— É que... quando falavam de você lá em casa, sabe, sempre falavam assim... assim, feito coisa que você era um cara diferente dos outros, um cara que não tava nem aí pra eles. E acontece que eu também não tô mais, viu, Pacífico? — Deu de ombros. — Nem é só porque o cara que a minha mãe gosta quer me matar, mas é também porque eu nunca vou perdoar ela de ter esquecido do meu pai. Ainda mais assim, tão depressa. — Ficou outra vez veemente. — Pacífico, olha bem pra mim. Você me acha com cara de perdoar ela, me acha? — E chegou a cara pra bem pertinho do Pacífico. — Uma vez, sabe, quando falaram de você lá em casa e eu comecei a querer saber isso e aquilo de você, ela disse: "não sei, Pollux, não sei, a única coisa que eu sei *mesmo* é que ele não gostava de mim". E quando eu perguntei por que, ela falou: "não tenho ideia". Então eu achei que, se você não gostava dela, é porque você... também.

— Também o quê?

— Não perdoava ela.

— *Perdoava* ela? De quê?!

— Sei lá! Qualquer coisa, ué. Quando fazem com a gente uma coisa que fica doendo aqui no peito, a gente não perdoa, pô. — Bocejou de novo. Dessa vez sem disfarçar. — Me arranja uma cama pra dormir, arranja?

O Pacífico pareceu não ter escutado: se levantou e foi indo devagar pra janela. Ficou olhando a escuridão ir se apossando do arvoredo. Quando, depois, se virou, viu o Pollux debruçado na mesa, dormindo profundamente, a mochila fazendo de travesseiro. Ficou prestando atenção naquele sono. Depois, sem fazer ruído algum, abriu a porta que dava pro quarto e acendeu a luz.

O quarto do Pacífico não era grande, mas tinha tudo que ele precisava, e tudo tinha a cara que ele gostava: armário, cama, mesinha de cabeceira, tapete felpudo, um pequeno sofá ladeado por uma cadeira de braços e um abajur de pé; junto ao armário, a porta do banheiro; abaixo do peitoril da janela, encostada na parede, uma pequena escrivaninha acompanhada de uma cadeira em frente, verdadeiro convite pra gente se sentar e contemplar, à luz do dia ou da lua, o cenário que a janela abrangia: um recorte da Mata Atlântica ao fundo e, em primeiro plano, um pedaço do gramado que rodeava a casa, arbustos variados e bancos. Da janela também se via parte dos viveiros de orquídeas.

O Pacífico abriu o armário, pegou lençol, cobertor, travesseiro e fez do sofá uma cama pro Pollux. Pegou toalhas, levou pro banheiro. De volta ao quarto, inspecionou ao redor. Empurrou a mesinha de cabeceira mais pra perto do sofá. Se demorou olhando pras prateleiras com livros, que se hospedavam em todos os intervalos de parede entre portas, armário e janela. O Pollux não tinha dito que o pai costumava ler sempre pra ele? Quem sabe ele também já tinha se tornado um leitor? De repente enxergou numa lombada um título que fez ele pensar: quem sabe os dois Pollux vão se encontrar aí? Pegou o livro, intitulado *Mitologia*, e botou sobre a mesinha de cabeceira. Voltou pra cozinha. Fez um esforço pra pegar o Pollux no colo. Levou ele pra cama. Descalçou e despiu o Pollux e enfiou ele debaixo das cobertas. Foi pegar a mochila e botou ela no chão, junto da cama. Apagou a luz e saiu, fechando a porta.

Fora o vento agitando as folhas do arvoredo e, às vezes, o grito de uma ave noturna, o silêncio dominava.

Uma lua quase cheia se aproveitava das venezianas abertas e entrava pela vidraça pra vir clarear o quarto. De leve.

Passava da meia-noite quando o Pollux acordou com frio. Se encolheu; olhou em volta; foi se lembrando de tudo que tinha acontecido: desde o momento em que saiu de casa até o momento de se debruçar na mesa da cozinha e dormir. Mas lembrar começou a doer. Fechou os

Querida

olhos com força pra ver se o sono vinha logo apagar as lembranças.

O pássaro noturno gritou de novo e mais alto. O Pollux se ergueu assustado e olhou pra cama do Pacífico. Ele dormia a sono solto. O Pollux se levantou devagar e foi indo pra janela. Parou junto da mesa e tentou enxergar lá fora. Uma nuvem tinha escondido a lua. Ele já ia voltar pra cama quando a lua reapareceu pra clarear a cena. O coração do Pollux despencou: uma mulher, sentada num dos bancos do jardim, falava e gesticulava, e o Pollux olhava pra tudo quanto é canto que a janela mostrava e não via mais ninguém além da mulher. Quanto mais ele olhava pra ela, mais estranha ela parecia: o cabelo era comprido e de uma brancura que chegava a brilhar; uma túnica, também branca, debruada de cetim prateado e quase arrastando no chão, cobria a mulher todinha. Feito coisa que a noite era quente, a mulher estava descalça e o pé parecia acompanhar no gramado os gestos que a mão fazia.

O Pollux foi se inclinando sobre a mesa. De nariz encostado no vidro, não conseguia mais tirar o olho da cara da mulher. Uma cara que deixou ele paralisado.

De horror?

Não.

Medo?

Também não.

O que então? Intriga?

Mais.

Fascínio?

Total!

Ah!... então ela era bela?

Pode até ser que fosse, mas não era questão de ser bela ou não...

O que que era então?

...a questão é que era uma cara que ele não compreendia.

Quanto tempo o Pollux ficou assim, naquela posição tão incômoda, inclinado sobre a mesa, mal conseguindo respirar?

O tempo que a mulher levou pra, depois de muito falar e gesticular, se levantar do banco e, com um andar lento, dificultoso e majestoso a um só tempo, ir se afastando até desaparecer. Só aí o Pollux endireitou as costas e ficou esperando o coração se acalmar.

Será que ele tinha visto mesmo o que ele tinha visto? Não tinha sido sonho? Será que não tinha sido o jeito da lua brilhando e do vento passando que tinha dado a ele uma impressão assim de... de....

De repente o Pollux não aguentou mais ficar quieto. Sentou junto do Pacífico e sacudiu ele com força:

— Pacífico! Pacífico, por favor, acorda!

O Pacífico meio que se ergueu e acendeu o abajur ao lado.

— Que foi, Pollux?

O Pollux fez um gesto pra janela e falou segredado:

— Eu vi uma mulher lá fora... toda vestida de branco... de pé no chão... Um cabelo branco, assim, meio que... esparramado no ar... A cara dela era... sei lá!... uma cara que... — A voz, que vinha aos arrancos, morreu.

O Pacífico se sentou na cama, empurrou o travesseiro pra cabeceira e apoiou as costas nele. Cruzou os braços.

— A Ella está habituada a dormir tarde e, quando a noite é bonita, gosta de passear no jardim.

— Mas... mas ela é a mulher que, falavam lá em casa, você se apaixonou e... e veio viver com ela?

— Eu não vim viver *com* ela, Pollux, eu vim viver *para* ela.

— Mas ela tava falando sozinha, Pacífico!

O Pacífico fez que não.

— Eu vi, eu vi! Ela falava, e fazia gestos, e levantava, e sentava de novo, e falava pr'uma pessoa que tava perto dela, mas não tinha ninguém lá, Pacífico! ela tava sozinha! E a cara dela... — A voz trancou na garganta, a testa se franziu...

— Era medonha? — o Pacífico perguntou com naturalidade.

O Pollux sacudiu a cabeça.

O Pacífico experimentou um tom brincalhão:

— Quem sabe era a cara da Morte?

— Não! — o Pollux gritou assustado. E olhou com medo pra janela. Retomou o tom segredado:

— Era a cara de uma moça. Bem moça. Que não tinha nada a ver com todo aquele cabelo branco e que... e que... Sei lá!... uma cara esquisita, que não parece de verdade, e que...

Uma campainha tocou. O Pollux deu um pulo de susto. O Pacífico achou graça:

— Que que é isso, Pollux? Calma! É a Ella que está me chamando. — Se levantou, vestiu um quimono e enfiou umas sandálias. —Vou lá ver o que que ela quer.

— E vai me deixar aqui sozinho?!

— Se você tem medo de ficar sozinho num quarto, é melhor pegar sua mochila e voltar pra casa.

— Mas, Pacífico, eu não tô entendendo o que que tá acontecendo por aqui.

— Então empatou: eu não entendi o que que aconteceu lá na tua casa pra, de repente, você bater por aqui.

— Mas eu te contei tudo!

— Ah, é? Imagina só!... E eu que pensei que você só tinha me contado um pedacinho à toa e que o resto todo tinha sido inventado... — Saiu, fechando a porta.

O Pacífico não demorou a voltar pro quarto. Quando entrou, o Pollux fechou logo os olhos pra fingir que estava dormindo. Tinha ficado o tempo todo olhando pra janela, numa espera medrosa de ver a mulher outra vez. Sentia o corpo rígido de tensão.

O Pacífico se demorou um momento olhando pro Pollux; achou melhor fazer de conta que estava acreditando naquele sono. Tirou as sandálias e o quimono, se enfiou na cama e pouco depois dormia profundamente.

Apesar do cansaço, o Pollux ainda ficou muito tempo acordado fazendo mil conjeturas sobre a mulher que tinha visto no jardim. E quando, afinal, dormiu, não foi por muito tempo: ouviu um barulho na cozinha, olhou pra cama do Pacífico: vazia; o sol já entrava no quarto, e ele, então, resolveu se levantar também.

Depois que providenciou o café da manhã, o Pacífico foi fazer um giro pelo sítio e levou o Pollux junto. Foi mostrando árvore, identificando canto de pássaro, chamando a atenção pr'uma casa de cupim aqui, um buraco de tatu ali. Mas o Pollux olhava pra tudo distraído e só quando chegou no viveiro de orquídeas é que mostrou algum interesse:

— Que coisa mais linda!

Mais do que as orquídeas, o que prendeu a atenção do Pollux foi a delicadeza com que o Pacífico lidava com elas, o encantamento que elas provocavam nele. A tal ponto, que parecia até ter se esquecido da presença do Pollux, que, então, resolveu continuar a inspeção do sítio sozinho, movido, sobretudo, pela esperança de encontrar a mulher num canto qualquer. Inclusive, rodeou vagarosamente a casa, lançando olhares sorrateiros pelas janelas que estavam abertas, aguçando o ouvido pelas que estavam fechadas, mas não viu nem ouviu vestígios dela. Voltou frustrado pros viveiros e parou junto do Pacífico. Tossiu, espirrou, suspirou, mas só quando pediu que fossem conversar num banco qualquer é que o Pacífico pareceu acordar do envolvimento com as orquídeas.

Caminharam em silêncio até o banco da clareira, onde tinham conversado na véspera.

Foi só sentarem que o Pollux perguntou:

— Você gosta de se chamar Pacífico?

O Pacífico meio que encolheu o ombro:

— Tô habituado com o meu nome: não tenho nada contra. Por quê?

— Quando você era do meu tamanho, você gostava de se chamar assim?

— Não me lembro.

—Você não acha também o meu nome meio esquisito?

— Não. Acho Pollux um nome bem interessante.

— Não fica meio que parecendo que eu poluo?

—Você está se referindo ao verbo poluir?

— É! Todo mundo vive falando em poluição, dizendo que isso polui, aquilo polui, não sei que mais polui, não fica parecendo que Pollux polui?

— Não tinha pensado nisso. Quando você me disse que se chamava Pollux eu logo pensei no deus da mitologia grega.

O Pollux suspirou resignado:

— Um deusinho meio à toa, não é? Eu ia gostar mais se ele fosse celebridade. Assim feito o Eros, o Zeus...

— Mas pra que que precisa ser celebridade?

— Pra todo mundo saber quem é que ele era, ué! Eu vivo tendo que explicar. Já tô de saco cheio com isso.

O Pacífico ficou olhando pro Pollux com uma expressão divertida.

— Já te disse, não é? O meu pai era um cara superlegal, tudo que ele fazia era o máximo, e tudo que é história que ele me contava era mais bem contada do que qualquer história que esses contadores de histórias contam por aí... — Ficou pensativo; a fisionomia meio nublada. — Mas, pra ser franco, eu acho que a única coisa que não precisou o meu pai fazer, fora de morrer, é claro, foi escolher o meu nome. — Outro suspiro. — Se eu tivesse certeza... o pior é que eu não tenho... que ele não ia se importar, eu até trocava de nome. — Outra vez pensativo: — Um dia, sabe, quando tavam falando de você lá em casa, isso já faz tempo, eu era pequeno, eu perguntei: ele se chama Pacífico porque ele é um cara pacífico? E a minha mãe falou: "mas, meu amor"... — Se deteve. Quando retomou a fala, a voz saiu doída: — Ela só me chamava de meu amor; e eu só chamava ela de... de um nome que nunca mais eu vou chamar. Ela dizia que a gente era dono do coração dela: eu e o meu pai.

Hmm!... Então, se a gente fosse mesmo, ela ia se apaixonar por esse cara? — Virou pro Pacífico:
— Ia? ia?!

O Pacífico fez um gesto vago. Mas depois perguntou:

— E o que que ela respondeu quando você fez aquela pergunta?

— Ela achou graça. E perguntou se eu nunca tinha reparado que o nome dela, e o de todos os meus tios, tinha a ver com a água....

O Pacífico emendou, pensativo:

— ...dos oceanos... mares... rios... lagos....

— Foi só aí que eu comecei a prestar atenção nos nomes do tio Egeu, do tio Atlântico, do tio Netuno...

— ...da tua mãe, Iara...

— E foi aí que o meu pai me explicou que era por isso que o meu avô quase nunca aparecia lá em casa. Nem lá nem em lugar nenhum. Disse que ele vivia mergulhado nos mares, estudando sem parar.

— Oceanógrafo. Pesquisador apaixonado. Teu pai estava certo: ele *mergulhou* nisso. E, pelo jeito, continua mergulhado até hoje... Mas, de certa maneira, tua pergunta não estava errada: eu fui o primeiro filho a nascer, e, quando eu nasci, o meu pai, sempre fascinado pelo mar, já andava afundado no estudo das características físicas e biológicas dos seres que habitam as águas. Estava fazendo uma pesquisa comparativa entre os habitantes dos oceanos Atlântico e Pacífico. E ficou numa grande dúvida: ao mesmo tempo que ele queria um filho muito grande, muito forte, um verdadeiro Atlante, queria também um filho de natureza tranquila, pacífica... — Olhou pro Pollux.

— Sempre ouvi dizer que o meu pai era um *homem do bem*. Vai ver, foi por isso que ele me batizou de Pacífico.

— E deu certo?

— O quê?

— Você é mesmo um cara pacífico?

— O que que você acha?

— Bom, pelo que você tá me contando, eu acho que pelo menos com o tio Atlante não deu muito certo: ele é tão magrinho, tão sumidinho, tão sempre indo a médico e tomando remédio...

O Pacífico deu uma risada. A cara do Pollux se abriu:

— Sabia, Pacífico? você ri gostoso. — Observou com atenção a fisionomia do Pacífico. — Mas... sei lá... eu acho que a tua cara não combina muito com o teu nome.

— Não?

O Pollux ficou ainda um momento olhando pro Pacífico. Depois:

— Conta mais.

— De quê?

— Do meu avô. Eu só vi ele... deixa eu ver... uma... duas... acho que eu só vi ele umas três vezes.

— Eu também: quando morava lá em casa não via ele muito. — Deu uma encolhida de ombros. — Também... entregue àquela avalanche de águas e àquela multidão de seres que habitam o mundo submarino, não sobrava muito tempo pra família. Quem resolvia tudo, quem se dedicava a tudo da casa era a minha mãe.

— Mas ela também gostava de "multidão de seres", não é?

— ?

— Nove filhos...

O Pacífico achou graça. O Pollux quis saber:

— Como é que ela era? Nos retratos lá do álbum da família ela parece bem bonita. Não tanto quanto a minha mãe, é claro, mas bem legalzinha. Ela tinha um cabelo assim grandão, não tinha? Cabelo e olho.

— É... cabelo e olho... Clareavam e escureciam... Se iluminavam e se apagavam... Sempre traduzindo cada emoção, cada ansiedade, cada esperança que ela sentia... — Voltou a olhar pro arvoredo. — Todo mundo ficava meio perturbado com aquela mutação de cabelo e olho. Mas eu, não: desde muito cedo gostei de ficar olhando eles mudarem de jeito, de cor, de brilho... E foi de tanto olhar pra eles que eu aprendi a conhecer ela de cor: sabia quando estava feliz, quando desanimava, quando se espantava com as coisas da vida, quando se revoltava... — A fisionomia ficou sombria. — Ah! quando se revoltava!... Nessas ocasiões, não só o olho, mas o cabelo se revoltava também. Meu pai chegava até a se esquecer um pouco dos mares, de tão perturbado que ficava. E então comparava a minha mãe com um mar em ressaca. — Deu um riso curto e amargo. — Quando as "ressacas" iam ficando muito frequentes, ele providenciava uma nova gravidez pra ela; afirmava que a chegada de um outro filho ia restabelecer a calmaria. E assim a família foi crescendo... até que... na *ressaca* número nove...

— ...nasceu a minha mãe.

— É. — Cruzou os braços e ficou quieto.

— Pacífico.

— Hmm?

— E a mulher?

— Que mulher?

— Que apareceu esta noite no jardim.

— Que que tem?

— Apareceu, não apareceu? Ou será que eu sonhei?

— Não. Você não sonhou.

— Mas, então, Pacífico?

— O quê?

— Me explica ela.

— Só se você se explicar melhor pra mim.

— Mas eu já me expliquei! Ele quer a minha mãe só pra ele. Se eu voltar pra casa ele acaba comigo.

— Então me dá o número do telefone da tua casa.

— Pra quê?

— Pra eu poder falar *de verdade* com a tua mãe e avisar que você está aqui.

— Não vai adiantar: ele mandou desligar o telefone e sumiu com o celular dela pra ela não poder mais conversar com ninguém.

O Pacífico ficou olhando pro Pollux.

— Pacífico... a mulher só aparece de noite?

Querida

— Às vezes aparece de dia também.

— A que horas?

— Não tem hora certa.

— Mas é ela?

O Pacífico fez que sim e se levantou bruscamente:

— Vou voltar lá pro orquidário. Quer vir comigo? — E foi andando.

O Pollux foi atrás. Mas não falou mais uma palavra. A cara foi se fechando, se fechando, e até o olho foi parando de vasculhar em volta, na esperança de encontrar algum vestígio da Ella. Deixou o Pacífico seguir em frente e ficou parado, de cabeça baixa, olhando-sem-ver a caminhada penosa de uma formiga carregando uma folha enorme. Parecia dormindo em pé. Só se mexeu quando o Pacífico sacudiu ele pelo ombro. E aí anunciou:

— Hoje é dia do meu aniversário. Tô fazendo dez anos.

O Pacífico olhou bem pra ele. Depois:

— Parabéns.

— Obrigado.

Pausa.

— Acho que aqui não é o melhor lugar pra você festejar o seu aniversário.

— Nem lá.

— Vocês não festejam aniversário? — O Pollux fez que sim. — Mas você não gosta de festejar aniversário? — O Pollux fez outro gesto afirmativo. — Então?

O Pollux tirou o olho da formiga e encarou o Pacífico:

— Você não tá acreditando que é o meu aniversário? — E como o Pacífico não respondia, ele tirou do bolso uma carteirinha e estendeu ela pro tio: — Carteira do clube lá da escola. Olha aí o meu retrato. Olha aí a data que eu nasci. — O Pacífico olhou. — Acredita agora?

— Acredito.

— E você não fica com pena de mim? Pena d'eu ter que passar meu aniversário assim? sem festa, sem

Querida 83

presente, sem nada? E você me dando parabéns sem abraço, sem coisa nenhuma? — A voz já vacilando: — Pelo menos você podia me contar uma história, feito o meu pai contava...

O Pacífico se abaixou pra ver se era mesmo uma lágrima que estava escorrendo do olho do Pollux. Era. E mais: parecia uma lágrima sincera.

— Mas... sabe, Pollux, eu não sou um bom contador de histórias. Pra te ser franco, eu nunca soube inventar histórias.

— E quem é que disse que eu quero história inventada? Eu quero história de verdade, eu quero a *tua* história! Quer dizer, a história de você com essa mulher que eu vi de noite.

— Ah, Pollux, essa história é uma história... assim... de gente grande, sabe... uma história que... que não vai te interessar.

— Escuta aqui, você tá querendo me fazer de bobo ou tá querendo *se* fazer de bobo?

O olho do Pacífico sorriu zombeteiro:

— Quem sabe eu tô querendo te imitar: você não quis me fazer de bobo com toda aquela história que você me contou ontem?

O Pollux resolveu ignorar a zombaria do Pacífico.

— E tem outra coisa, Pacífico: pra história de gente pequena, já chega tudo que eu tenho vivido; agora, pra me interessar, tem que ser história de gente grande. Você parece que nem se lembra mais que eu viajei sozinho até aqui. Você parece que já se esqueceu que eu hoje tô fazendo DEZ anos. Francamente, eu acho que você podia ter mais consideração comigo. Nem que fosse como presente de aniversário.

O Pacífico se ergueu. Assumiu um ar sério.

— Eu ainda não posso te contar a minha história com a Ella, Pollux...

— Mas é meu aniversário! Eu tenho direito de ouvir história de paixão.

— A minha história não é de paixão, aí é que está! Quer dizer, é e não é. Mas é mais uma história de servidão. Você não vai entender direito.

— Tá vendo só? Você acha mesmo que eu sou bobo. Pois fique sabendo que fizeram teste QI lá na escola, e o resultado, ó — levantou o polegar e a cabeça —, meu nome ficou lááá em cima da lista.

— Não duvido, mas... eu já te disse, Pollux, eu nunca fui um bom contador de histórias. Vamos arrumar um outro jeito pra festejar teu aniversário, tá? Olha, eu tenho que ir lá na cidade fazer umas compras; quer ir comigo?

O Pollux deu uma encolhida de ombros. A cara se fechou de novo; o olho voltou pro chão.

— Então vamos — o Pacífico resolveu.

Foi pegar o carro, mas o Pollux não saiu do lugar. Ficou espiando de longe o Pacífico sumir dentro de casa, reaparecer depois, entrar no carro, ligar o motor, e só quando o carro chegou pertinho ele concedeu levantar o polegar num gesto de quem pede carona. O Pacífico freou, esperou pacientemente o Pollux se acomodar e depois disse:

— Pollux, você sabe que não vai ser difícil conseguir o telefone da tua mãe, ligar pra ela e ouvir a história que *ela* vai contar a respeito da tua chegada aqui no Retiro... — O Pollux ficou olhando pras árvores. O Pacífico prosseguiu: — Mas eu gostaria, Pollux, que a gente ficasse amigo um do outro. Só que, pra gente ficar amigo, a gente não pode querer fazer o outro de bobo, feito você mesmo disse. A gente não pode querer enganar o outro, isso não é amizade, é desonestidade. Olha pra mim, Pollux...

O Pollux olhou.

— ...e me responde com toda a sinceridade: você está aqui escondido, não é? a tua mãe não sabe que você veio pra cá?

O Pollux se limitou a um suspiro cansado.

— Sabe?

O Pollux assumiu um ar resignado; fez que não.

— Você fugiu de casa?

Novo suspiro antes da cabeça fazer que sim.

— E, na certa, não contou pra ninguém aonde ia...

Com uma cara toda amarrada na má vontade o Pollux concordou outra vez com a cabeça.

Pausa.

— Por que, hein, Pollux?

O Pollux se virou, olhou pro Pacífico bem fundo no olho e respondeu com firmeza:

— Pra ela aprender a não gostar mais dele do que de mim.

O Pacífico desviou o olhar. Deu partida no carro e dirigiu alguns quilômetros sem perguntar nem ouvir mais nada. Já estavam chegando na cidade quando o Pacífico parou o carro e voltou a olhar pro Pollux:

— Escuta aqui, eu quero o telefone da tua casa. Eu vou ligar pra tua mãe e dizer que você está aqui comigo. E quero também que você dê um alô pra ela e diga que você está bem. Basta isso.

O olho do Pollux fuzilou o Pacífico:

— E você ainda diz que quer ser meu amigo, é? Eu fui sincero com você, respondi a verdade, e é assim que você retribui? Me traindo? Me denunciando? É esse o presente de aniversário que você achou pra me dar, é?!

— Ela deve estar na maior aflição, achando que você foi sequestrado, ou que morreu, ou sei lá o quê! A gente só vai dizer pra ela que você está vivo e bem.

— E aí ela vem me buscar e aí ele acaba comigo! É isso que você quer, é?

— Eu te prometo que eu não digo a ela onde é que eu moro. E não se esqueça que a única dica do meu endereço está no envelope da carta que você roubou e que está muito bem escondido lá dentro da tua mochila.

— Aaaaaah! Você tá achando que eu sou mesmo bobo, não é? Então eu não sei que a gente pode descobrir onde é que tá uma pessoa por um simples telefonema?

— Eu telefono do orelhão.

— E isso vai adiantar pra ela não descobrir o nome desta cidade? e bater aqui? ela e ele? Ela não desgruda dele... E, chegando aqui, ela faz que nem

eu fiz: desata a perguntar pra todo mundo onde
é que mora um tal Pacífico que...

— Pollux, você vai escolher: ou você concorda
que a gente telefone pra tua mãe ou eu te boto agora
mesmo num ônibus de volta pro Rio.

O Pollux ficou indignado:

— Você tem coragem de fazer isso? em pleno
dia do meu aniversário?!

— Tenho. Escolhe! Depressinha.

— Uma coisa assim tão... tão nem-sei-o-quê...
ninguém pode escolher *depressinha*.

O Pacífico ligou o motor e acelerou o carro.

— Ei! Calma! Pra onde é que você tá indo?

— Pro ponto do ônibus.

— Mas pera aí!! minhas coisas tão todas na
tua casa.

— Deixa comigo, eu vou lá buscar.

— Mas você não pode querer que eu, justo no
dia do meu aniversário...

O Pacífico estacionou, se inclinou e abriu a
porta do carona:

— Pode saltar. Me espera aí que eu vou lá buscar tuas coisas.

Foi só o Pollux olhar pra calçada que o olho se arregalou alarmado:

— Xi!! — Se abaixou depressa pra não ser visto.

O Pacífico olhou na direção em que o Pollux tinha olhado e viu uma velha e um menininho sentados numa mala encostada na parede de um bar. A velha cabeceava de sono, o menininho calçava umas enormes sandálias de tiras arrebentadas, e a mala, amarrada por um cordão, tinha cara de não estar mais aguentando o peso dos dois.

— Que foi, Pollux?

— Nada não; vam'embora!!

O Pacífico voltou a olhar pra velha e pro menino.

— Você conhece aquela dupla?

— Que dupla?

— Aquela. — E, gentilmente, obrigou o Pollux a se erguer.

Foi só o Pollux endireitar o corpo, que o olho do Bis, que já estava vasculhando o carro, se espantou. O Bis pulou pro chão e correu pro Pollux, anunciando:

— A gente tá aqui de mão estendida desde que cê foi embora, mas ninguém pagou uma comida pra gente. A fome tá que tá danada! Paga pra gente, paga? — A mão estendida entrou carro adentro. — Uma comida! — E ficou olhando pro Pollux na maior expectativa.

O Pollux olhou pro Pacífico com o rabo do olho, calculou quanto ainda tinha no bolso e, sem o menor entusiasmo, pegou uma nota e estendeu pro Bis. A rapidez com que o Bis pegou a nota e sumiu com ela dentro do bar foi impressionante. O Pacífico olhou pra Velha. Dormia. A cabeça desabada no peito.

— Onde é que você conheceu essa dupla, Pollux?

— Eles viajaram no mesmo ônibus que eu. Tão indo pro Piauí.

— Pro Piauí?

— Pois é.

— E desde ontem eles estão aí na rua pedindo esmola?

— Pois é...

— Pois é o que, Pollux?

O Pollux se irritou:

— Sei lá, Pacífico, sei lá! Como é? A gente vai ou não vai embora?

— *A gente* não vai, não senhor! *Eu* vou buscar tuas coisas e *você* já fica aqui pra pegar o ônibus pro Rio.

— Mas, Pacífico, eu só...

— Já disse! Ou você me dá o telefone da tua casa...

— Você vai dizer onde é que eu tô e eles vêm me buscar.

— Já te prometi que não!

O Bis voltou pra junto da Velha segurando um pão e equilibrando um copo cheio. Cutucou ela com o pé. A Velha levantou a cabeça e olhou pro Bis sonolenta, mas logo o olho se abriu e ela agarrou pão e copo. O Bis correu outra vez pra dentro do bar.

— É melhor a gente falar daquele orelhão lá — o Pollux apontou.

O Pacífico dirigiu até o orelhão e saltou. Sem vontade nenhuma o Pollux foi atrás dele e começou a *cantar* os números pro Pacífico digitar.

— Ah, alô, bom dia, eu gostaria de falar com a Iara.

— Falando.

— Iara, aqui é o Pacífico, o teu irmão. — Forçou um tom de voz levezinho.— Você ainda se lembra de mim?

Pausa.

— Alô?... Iara?...

— Sim?...

— Eu estou telefonando porque eu imagino que você esteja preocupada com o Pollux. Eu queria te tranquilizar, te dizer que ele está bem, que ele está aqui comigo.

Pausa.

— Iara...? Você escutou o que eu disse?... Alô?... Você não está podendo responder, é isso?... Iara?... Você está bem?

— Bem?? E alguém ainda me pergunta se eu estou *bem!* Eu entro no quarto do Pollux pra acordar ele de manhã e encontro o quarto vazio! e procuro por toda parte e não encontro vestígio dele! e nem porteiro nem vizinho nenhum viu ele! e vou na escola e ninguém sabe dele! e ligo pra cada amigo, pra cada colega, pra cada parente, e ninguém sabe dar notícias dele! e a nossa vida vira um inferno, telefonando pra rádio, pra polícia, pra jornal, pra pronto-socorro, meu coração parando cada vez que o telefone toca! a cada momento esperando a notícia de que ele foi acidentado, sequestrado, morto! o dia todo nisso, a noite inteirinha nisso, a manhã de hoje nisso, justo hoje, dia do aniversário dele, uma festa toda preparada, e alguém ainda me pergunta se eu estou *bem?!*

O Pacífico tapou o bocal do fone e falou depressinha, em voz baixa:

Querida

— Ela tá desesperada, Pollux. Desabou em soluços. Fala com ela. Diz que você está bem. — Estendeu o fone: — Anda! Fala!

O Pollux, relutante, pegou o fone:

— Oi.

— Pollux? É você mesmo, meu amor? Você tá bem? Você tá bem?

— Tô, sim. Olha, eu só tô ligando pra dizer que eu tô vivo e que eu tô morando com o Pacífico. Outra hora a gente te telefona, tá? Tchauzinho. — Já vai desligando o telefone, mas o Pacífico escuta a voz desesperada da Iara e impede o gesto.

— Alô! Pollux! Não desliga! Fala mais, diz onde é que você está!

— Não é o Pollux que está falando...

— Eu quero falar com o meu filho!

— ...é o Pacífico.

— E que certeza eu posso ter de que você é o Pacífico? Não te vejo desde criança, não me lembro mais da tua voz, quem é que me garante que isso não é uma cilada pra eu ou o Roberto sermos sequestrados também e...

— Calma, Iara, calma. Escuta: o Pollux descobriu o meu endereço pelo carimbo no envelope da carta que eu escrevi pra vocês quando resolvi me retirar do convívio social. Ele pegou, no teu álbum de família, a carta e mais um retrato de você bebê no meu colo....

O Pollux olhou desconfiado pro Pacífico.

— ...pra me provar que ele era mesmo meu sobrinho. Ele quis estar ausente na festa de aniversário dos dez anos dele porque anda se sentindo ameaçado pelo teu novo marido e achou que aqui, julgando pelas histórias que o Egeu e o resto da família contavam de mim, ele podia viver em paz...

A desconfiança do Pollux foi crescendo.

— ...Por aí você vê que eu sou mesmo o teu irmão e que o Pollux, aqui, não está sofrendo nenhum risco.

— Onde é que você mora? Como é que eu chego aí? Me dá teu endereço! Nós vamos já pr'aí! seja onde for.

— Quem pode te dar meu endereço é o Pollux.

— Chama ele aí!

O Pacífico estendeu o fone:

— Ela quer falar com você.

O Pollux ficou olhando pro chão, escutando a voz da Iara chamar por ele. Suspirou fundo. Acabou pegando o fone:

— Oi...

— Ah, meu filho, vamos parar com isso, sim? Por favor, Pollux: vamos parar com isso. Como é que eu chego aí?

— Não adianta: você não gosta de mim do jeito que você tem que gostar, então eu não vou te ensinar como é que você chega aqui. — E já ia desligando, mas o Pacífico salvou a ligação:

— Iara?

— Me dá teu endereço, Pacífico.

— Não posso.

— Você tá maluco? Não pode por quê?

— Porque eu prometi ao Pollux que não dava.

— Mas então você continua mesmo o *maluco da família*, não é? Ou então o Pollux deve ter representado tão bem o último drama que ele inventou, que é capaz de você ter mesmo acreditado que o Roberto quer acabar com ele, que o Roberto morre de ciúmes de mim e que o Roberto não quer dividir o meu amor com ninguém, nem mesmo com o meu único filho. Mas será possível que você tenha acreditado nas invencionices do Pollux?

E o Pacífico, olhando tranquilamente pro Pollux:

— Não.

— Então?

— Iara, compreenda: a fim de tranquilizar vocês, eu empenhei a minha palavra com o Pollux. Quem tem que revelar o paradeiro dele é ele mesmo.

— Mas ele só vai fazer isso quando não estiver mais aguentando levar adiante esse castigo que ele está querendo me dar! Pacífico, escuta: eu conheço o meu filho mais do que a mim mesma. Foi só eu me apaixonar e casar com o Roberto que o Pollux mergulhou de cabeça numa crise de ciúme que não tem mais tamanho. O Roberto já não sabe mais o que fazer pra ganhar o amor do Pollux; mas, quanto mais ele se dedica ao meu filho, mais provas de amor o Pollux exige de mim. Como eu não concordei em voltar a dormir no quarto dele, ele deve ter inventado essa saída de casa pra me castigar.

— Você está exagerando, não está?

— Não, não, não! Quem exagera é a imaginação dele! Ele tem uma imaginação tão poderosa, que ele mesmo acaba acreditando em tudo que inventa. — A voz se quebrou. — Pacífico, me escuta, por favor, me escuta com atenção. Eu ainda era pequena quando você saiu lá de casa, mas nossos irmãos sempre falam que você também tinha um amor exagerado pela nossa mãe e nunca me perdoou a fatalidade dela ter morrido quando me deu à luz. Então você deve saber, melhor que ninguém, o que que o ciúme faz com a gente. Pacífico, por favor, acredite: o Roberto é um vegetariano convicto porque não aguenta pactuar com a morte de nenhum bicho, nem que seja uma miserável galinha ou um infeliz caranguejo; é uma pessoa totalmente voltada para a construção de um mundo de paz; e é justo em cima dele que o Pollux constrói a imagem de um homem que, por ciúme de uma mulher, quer matar o filho dessa mulher! Eu sei que o Pollux tá aí te olhando, mas, por favor!, me diz como é que eu chego até aí pra pegar o meu filho. Escuta, toda essa crise de ciúme ainda se exacerbou muito mais porque nós temos que viajar no domingo. O Roberto é diplomata e agora foi transferido pra Austrália. Essa festa de aniversário, hoje, ia ser também uma festa de despedida pra família e pros amigos. O Pollux não queria ir embora aqui do Rio, então isso ainda piorou tudo, e a imaginação dele ficou frenética, inventando mil coisas pra nos castigar. Me ajuda, por favor! E se você já está gostando do meu filho, nem que seja só um pouquinho, ajuda ele a compreender que é o ciúme, e não o Roberto, o inimigo que ele tem que vencer...

— Alô?... Iara... Alô?... Ih! a ligação caiu e eu não tenho mais cartão. Você tem, Pollux?

O Pollux sacudiu devagar a cabeça. Ficou olhando pro telefone.

O Bis chegou correndo e anunciou:

— Acabou o pão! Acabou a média! Acabou o dinheiro! A fome não! não acabou.

O Pacífico olhou pro Pollux. Mas o Pollux continuava olhando pro telefone.

Silêncio.

De repente o Pollux fez cara de quem toma uma grande decisão. Com gestos largos, enfiou a mão no bolso, pegou todo dinheiro que tinha e, magnânimo, entregou pro Bis.

A cara do Bis se iluminou. Ficou na ponta da sandália, puxou a cabeça do Pollux e sapecou dois beijos nas bochechas dele.

— Agora, sim, é capaz de dar pra botar mortadela e tudo no pão. — Saiu correndo e desapareceu dentro do bar.

O Pollux deu uma olhada pro Pacífico:

— Eu fiz o que você pediu: falei com a minha mãe. Agora eu quero voltar pro Retiro. — E foi pro carro.

O Pacífico não se mexeu: ficou olhando o Pollux entrar no carro, fechar a porta, cruzar os braços e assumir uma atitude entediada de espera. Voltou pensativo pro carro, ligou o motor, manobrou e não deu mais uma palavra até chegar em casa. Disse pro Pollux que ia fazer o almoço e se encaminhou pra cozinha.

— Posso ajudar, Pacífico?

— Você sabe cozinhar?

— Não, mas sei abrir lata.

— Não tenho comida enlatada. Tá esquecendo que eu era *chef*?

— O que que você vai cozinhar?

— Depende do que você quer comer. Afinal de contas, hoje é o teu aniversário, não é? — Abriu a geladeira e inspecionou o que tinha dentro. — O que que você tem vontade de comer?

— Pizza! Do que você quiser. Mas tem que ser fininha e bem tostadinha. Pra sobremesa eu quero torta de banana. Mas tem que ficar crocante. E, se tiver sorvete de creme pra acompanhar, melhor ainda.

O Pacífico vestiu o avental e fez uma reverência elaborada:

— Perfeitamente, meu senhor.

O Pollux deu uma risada:

— Puxa! até que enfim você faz uma brincadeirinha... — Se sentou junto da mesa. — Faz outra.

— Agora não posso, vou cozinhar: tenho que me concentrar. — Começou a reunir os ingredientes para os pratos encomendados.

— E eu? O que que eu fico fazendo?

— Você não disse que gosta de história? Então? Me conta uma. Olha, me conta a história daquela dupla.

— Você quer dizer... daquele menino que tava com fome?

— E daquela velha sentada na mala.

A cara do Pollux se fechou de novo. A testa desenhou duas rugas fundas em cima do nariz. E, como nenhuma voz aparecia, depois de um tempo o Pacífico tirou a atenção do fogão e se virou pra ver o que que estava acontecendo com o Pollux.

De pé, mãos enfiadas nos bolsos da bermuda, o Pollux andava devagar em volta da mesa, feito contando os passos que dava.

— E aí?

— Aí o quê? Você não me pediu uma história? Então? Tô me concentrando pra contar.

O Pacífico voltou a atenção pra pizza.

De repente o Pollux assumiu um ar trágico e começou a se lastimar:

— Eu queria saber que mal eu fiz pra merecer tanto castigo, Pacífico! Já chegava tudo que eu ando sofrendo em casa. Mas agora eu sofro na rua também: mal eu saio, dou de cara com eles. E, pra onde eu vou, eles vão atrás. E sempre daquele jeito que você viu: com fome. Com fome. Sempre com fome!...

O Pacífico olhou pro Pollux por cima do ombro.

— ...Pensa que eu não sofro de ver eles assim? cada um mais detonado que o outro? Você viu o que eu fiz, não é? Dei todo o meu dinheiro pra eles. É sempre assim: tudo que eu tenho eu dou pra eles, por isso que eu não tenho nada. — Puxou o forro dos bolsos pra fora. — Olha aí! tudo vazio. E agora eu já sei que vai ser sempre assim: aonde eu vou eles vão atrás. Feito minha sombra. Sou capaz de acabar na miséria, você vai ver. Sim, porque eu já ando desconfiado que a fome deles não vai acabar nunca mais. E o pior é que cada vez que eles aparecem na minha frente eles tão mais detonados...

O Pacífico foi se virando pro Pollux.

— ...Por aí você pode ver o inferno que é a minha vida. Em casa, aquela coisa horrível que eu te contei: o tal cara querendo a minha mãe só pra ele. E agora esse outro inferno na rua: mal eu saio e dou de cara com eles. Sempre com fome, sempre querendo dinheiro. Mais dinheiro, mais comida. — Suspirou fundo. — Tem horas que eu acho até melhor voltar pra casa e deixar aquele cara acabar comigo de uma vez.

— Mas... o que que eles tavam fazendo lá na estação?... a dupla...

— Esperando por mim, é claro! Agora eles cismaram que eu tenho que ir com eles pro Piauí.

— Pro Piauí?

— É, vê se pode. Disseram que lá eles têm um parente muito poderoso que dá jeito em tudo. É um cara tão poderoso, que o estado se chama Piauí por causa dele, não é incrível? — Vendo uma certa perplexidade no olhar do Pacífico. — Piauí é ele, é o nome dele, o estado é que depois pegou o nome dele. Eles falaram que o Piauí dá jeito em tudo e que vai dar um jeito em nós também.

— Nós quem?

— A gente. Todo mundo. A fome deles vai acabar pra sempre, aquele cara vai morar

bem longe da minha mãe, tipo... assim... sei lá!
tipo Austrália, e a minha mãe não vai querer
deixar o Rio e vai escolher ficar comigo em vez
de ir com ele. E aí, com o cara sumido na
Austrália, pra quem que vai ficar tudo que é beijo
e abraço que ela tá sempre dando pra ele? Me
diz, me diz! pra quem que fica?... Mas você pensa
que o Piauí vai parar por aí? De jeito nenhum!
Vai fazer o que, tá na cara, tem que ser feito: vai
fazer você me apresentar pra essa mulher que te
fez largar tudo pra vir morar aqui com ela e...
sabe o que que vai acontecer?... Adivinha. —
Piscou um olho malicioso. — A gente vai se
gostar de cara. Eu e ela. E quando ela vê que eu
tô indo embora, eu e a minha mãe... sim, porque,
a essas alturas, a minha mãe já veio me buscar,
é claro... ela sozinha, naturalmente... e aí essa tua
mulher desresolve morar aqui escondida com
você, e aí vocês voltam pro Rio e vão morar
juntinho lá de casa, e a gente, nós quatro, a gente
vai viver assim, ó — juntou dois dedos —, já

pensou que delícia? E aí o Piauí vai e faz outra
coisa que tá na cara que já devia ter feito há muito
tempo: resolve que os dois, a Velha e o Bis, vão
ficar lá pra sempre... Lá! no estado que pegou o
nome dele. E é claro, não é, Pacífico, que com um
parente assim tão poderoso por perto eles vão
viver um vidão! passando do bom e do melhor.
– Com um muxoxo impressionado. – Já pensou
o alívio que eu vou sentir? Poder sair na rua
descansado, sem nunca mais encontrar aquela
dupla de mão estendida na minha frente?...
Poder sair ao lado da minha mãe dirigindo o
carro e, na hora do sinal vermelho, não enxergar
o Bis no meio do tráfego jogando bolinha pra
cá e pra lá, pra ver se descola um real? – Vendo
que o Pacífico se esqueceu do fogão. – E já
pensou se a pizza queima e a torta de banana
não acontece??

  O Pacífico pareceu acordar:
  – É mesmo: já pensou? – Deu as costas pro
Pollux. – É melhor você ir passear um pouco por aí,

Pollux; se você continua fabricando histórias, eu não vou me concentrar no almoço...

O Pollux deu uma volta grande pelo sítio, na esperança de encontrar, dessa vez, um vestígio da Ella. Mas nem sinal! Voltou pra cozinha quando o Pacífico já estava botando o almoço na mesa.

— Ela vem almoçar com a gente, Pacífico?

— A Ella?

— A tua mulher.

— Ela não é minha mulher, Pollux.

— Não é tua mulher, mas é tua namorada, não é?

O Pacífico não respondeu.

— Eu quero conhecer ela, Pacífico! Quando é que eu vou conhecer ela?

— Vou ver se hoje eu apresento ela a você.

O Pollux se animou:

— Quando?

— Ah, isso eu ainda não sei. Me diz uma coisa, Pollux, você já escolheu sua profissão? Já sabe o que que você quer ser?

— Astrônomo.

— É mesmo? Por quê?

— Sei lá... eu gosto de olhar pro céu. De noite, é claro. De dia eu acho que não tem muita graça. Eu gosto é de ficar olhando estrela.

— Os poetas e escritores, em geral, também gostam. Você nunca pensou em ser escritor?

— Eu, não. Por quê?

— Acho que você leva jeito.

— Não. Fora de querer ser astrônomo, a única outra coisa que eu sou capaz de querer ser é ator. Mas acho que é porque o meu pai se divertia quando eu fingia que eu era um outro. — A voz foi ficando triste. — Às vezes eu penso que, se eu fico tanto tempo olhando as estrelas, é porque, quando eu era pequeno, eu li um livro que contava que tem gente que vira estrela quando morre. Acho até que é por isso que eu fico olhando pro céu, querendo ver qual delas é o meu pai.

— Na tua idade, o meu maior sonho era ser ator.

— Jura?

— Passei minha mocidade apaixonado por teatro; fiz uma porção de testes pro teatro, pra televisão, pra radioteatro. — Ri. — Não passei em nenhum. Qualquer dinheirinho que eu arrumava eu corria pro teatro.

— A tua namorada não era atriz?

Pausa.

— Era.

— Vocês se conheceram no teatro?

O Pacífico fez que sim e completou:

— Quer dizer, eu fiquei conhecendo ela no palco. Mas ela não me conheceu na platéia.

— Onde é que ela te conheceu?

— No restaurante onde eu era *chef,* comendo a comida que eu fazia...

O Pollux achou graça:

— Vai ver ela gostou tanto da tua comida que se apaixonou por você.

— Não... a história não foi bem assim...

— Quando é que você vai me contar essa história?

O Pacífico pareceu não ouvir a pergunta.

— Você não vai chamar... ela... pra vir almoçar com a gente? Sabendo que é o meu aniversário, ela vai querer vir, não vai?

— Acho que não, Pollux, ela é mais amiga da noite do que do dia. Em geral, gente de teatro é assim.

— Mas quem vive aqui não pode ser gente de teatro...

— *Gente de teatro*, mesmo sem fazer teatro, continua a ser *gente de teatro*. E agora vamos tratar de arrumar a salada? É a única coisa que ainda está faltando. O que que você gosta na salada, além de alface, tomate seco, agrião, maçã, passas, rúcula, granola, ovo cozido e...

— Caramba!!

Todas as ansiedades que vinham acompanhando o Pollux desde que resolveu fugir

de casa, mais a noite maldormida e mais o
excelente almoço de aniversário que o Pacífico
preparou derrubaram o Pollux: foi só acabar
de repetir a sobremesa, que ele anunciou a
vontade de experimentar uma das redes da
varanda. Assim que se acomodou na rede, caiu
num sono tão profundo que, quando acordou, o
dia já estava virando noite. E só acordou porque
ouviu a voz do Pacífico:

— Acorda, Pollux! Vem conhecer a Ella!

A perspectiva de, afinal!, se encontrar com a
Ella fez o Pollux pular da rede e, depressinha, seguir
o Pacífico.

Enveredaram pelo arvoredo. Se fez noite
escura lá dentro. Mas logo depois alcançaram uma
pequena clareira, levemente iluminada por um resto
de crepúsculo. O Pacífico se dirigiu para o único
banco que morava naquela clareira:

— Vamos sentar aqui, Pollux, a Ella já vem.

De fato, ela veio logo depois. Trazia em cada
mão um lampião em formato de tocha. Sem pressa

alguma, e feito coisa que media cada passo, ela pendurou os lampiões nas árvores.

O Pollux acompanhava, boquiaberto, os movimentos dela: a mulher recém-chegada era dona de uma beleza tão primaveril, que o Pollux, fascinado, chegou mesmo a pensar que devia ser muito bom namorar com ela... E olhou de rabo de olho pro Pacífico, que, recostado no banco, braços cruzados no peito, permanecia imóvel, o olhar preso na Ella.

Apesar da lentidão dos movimentos, ela não parecia ter mais que quinze anos. (É bem verdade que a luz dos lampiões era fraca, mas reverberava, criando uma atmosfera a um tempo imprecisa e fantástica.) Ella olhou pro Pollux e sorriu:

— Boa noite, Pollux. O Pacífico disse que você queria me conhecer. Então eu vim aqui me apresentar a você... — Foi se chegando bem devagar pra perto do Pollux, que, quando ouviu aquela voz grave e aveludada, ficou ainda mais encantado. —Você não me conhecia, mas *eu* te conheço muito bem, Pollux. Eu te conheço desde o dia em que a tua mãe se apaixonou por outro homem, pouco depois do teu pai morrer.

Os dois ficaram se encarando. No rosto dela, uma expressão de desafio se confundiu com o sorriso; na fisionomia dele, a incompreensão e o espanto nublaram o fascínio.

E o Pacífico? Impassível.

De repente a Ella se virou e bateu palmas. O olho do Pollux se arregalou quando viu a Velha e o Bis surgirem de trás de um tronco largo de árvore.

A Velha chegou arrastando a mala, que logo encostou no tronco. Se sentou e ficou olhando intrigada pra Ella. O Bis sentou ao lado e passeou um olhar atento em volta. Ao ver o Pollux, empinou o peito e acenou. Mas o Pollux resolveu ignorar o Bis. A Ella se dirigiu outra vez ao Pollux:

— Estamos aqui reunidos pra contar e ouvir histórias. E quem vai começar é aquele menino ali. — Apontou pro Bis.

O Bis se assustou:

— Eu? Mas eu vim aqui porque ele — fez um gesto de cabeça pro Pacífico — disse que é aniversário do Pollux: a gente ia comer pizza, torta de banana, sorvete e ia sentar pra ouvir história.

— Então? Você já não comeu pizza e torta com sorvete?

— Uma delícia!

— Já não sentou aí pra ouvir história?

— Já.

— Então?

— O quê?

— Vocês têm que participar da contação de história...

A Velha e o Bis se entreolharam em grande dúvida.

— Vocês vão contar como é que conheceram o Pollux.

Outra vez a Velha e o Bis se entreolharam. Ela disse, meio cochichado:

— Isso é mole. Conta.

Querida

O Bis imitou o cochicho:

— Se é mole, conta você, ué.

— Você!

— Você!

— Par ou ímpar?

— Par.

— Ímpar, um, dois, três e já!

— Bom... — Resignado. — Então tá: eu conto.
— E o Bis se levantou, limpou a garganta, assumiu o tal ar importante que ele assumia quando dizia "coisas importantes" e começou:

— Foi assim: a gente tava...

A Velha interrompeu em tom professoral:

— Explica quem é que é a gente.

— A gente é eu e ela. — Gesto de cabeça pra Velha. — E a gente tava lá na tal da rodoviária...

— Explica onde é que ela era.

— No Rio.

— Explica mais bem explicado, Bisinho.

— Rio de Janeiro! — ele gritou.

— Explica o que que a gente tava fazendo lá.

O Bis deu uma olhada malcriada pra Velha:

— A gente tava lá porque a gente tava indo pro Piauí.

— Explica por quê.

— Porque no Piauí a gente é capaz de encontrar um resto de família.

— Explica o que que acontece se a gente encontra.

— A gente vai parar de ficar com fome, pô!

— Explica por quê.

O Bis perdeu a paciência:

— Puta-que-pariu! Porque a gente vai comer, porra!

A Velha tacou um tapa na boca do Bis e cochichou zangada:

— Já te disse pra não falar palavrão na frente de quem é do bem.

O Bis apontou pro Pollux:

— Mas ele não é do bem!

O Pollux ficou inquieto; começou a se remexer no banco.

Querida 119

— Como é que ele não é do bem, Bisinho! Então ele não pagou lanche pra gente? Não pagou passagem pra gente?

— Mas o que a gente queria era ir pro Piauí! E você não viu o que que o cara lá do ônibus falou pra gente? Disse que o Piauí era lááááááá no fim de não sei quanto dia e quanta noite de estrada.

A Velha abaixou a voz:

— Fala baixo! O garoto tá olhando pra gente com cara feia, fala baixo!

— Mas se eu falo baixo ninguém escuta a história que disseram que era pr'eu contar. E aí? como é que a gente fica? Conto ou não conto?

A Velha desanimou:

— Ah... então conta de uma vez e acaba logo com isso.

O Bis reassumiu a postura de gente importante:

— Pois é, a gente ia viajar pro Piauí, só que a gente não tinha dinheiro pra comprar nem um pão, quanto mais passagem de ônibus.

— Fez um gesto em direção ao Pollux: — Aí ele chegou e comprou pão e média pra gente e disse que a gente ia viajar junto com ele e que ele pagava passagem e tudo. E aí a gente veio, pronto. — A Velha cochichou qualquer coisa no ouvido dele. — Ah, é! — E concluiu: — Só que aqui não é o Piauí. — E sentou outra vez na mala, com o ar satisfeito de missão cumprida.

A Ella segurou a tempo um riso que quis sair.

O Pacífico se virou e olhou sério pro Pollux.

O Pollux reclinou a cabeça no encosto do banco e ficou olhando as estrelas.

Durante um tempo ninguém disse mais nada.

O Bis e a Velha se entreolharam desconfiados.

O sono começou a fazer novas investidas pra agarrar a Velha. Mas ela reagiu: cutucou o Bis e deu um cochicho rápido no ouvido dele.

— E você? Não vai contar nenhuma história, não? — O Bis perguntou pra Ella.

— Vou.

O Pollux se endireitou no banco. Olhou pra Ella. Foi se sentindo outra vez fascinado.

— Olha lá aquela estrela — a Ella apontou.

Todos olharam pro céu. O Bis perguntou:

— Qual?

— Aquela lá, que brilha mais que qualquer outra. Tá vendo? Lá! Repara só: aquela estrela tem um brilho diferente das outras; tem brilho de olho de gente. — Ficou observando atentamente a estrela. Depois: — Sabia? Aquele brilho é de olho de gente que morreu e virou estrela.

O Bis ficou impressionado:

— Será?

— Mas agora, olhando melhor, estou achando que o brilho dela é mais brilho de olho de homem do que de olho de mulher...

O Bis se impressionou mais um pouco:

— Olho de homem brilha diferente de olho de mulher?

A Ella ficou balançando afirmativamente a cabeça enquanto olhava pensativa pra estrela. Depois:

— É isso mesmo... brilho de olho de pai...

E o Bis, impressionadíssimo:

— Pai que já morreu?

— Pai que já morreu — ela confirmou —, e mais: pai que sabe das coisas...

— Que coisas?

— Coisas que filho inventa aqui na terra...

O olho do Pollux não parava: da Ella pra estrela, da estrela pra Ella.

Já a Velha se mostrava muito mais interessada na Ella do que na estrela. Tanto que não resistiu a um comentário cochichado:

— Que bonita que a moça é, né, Bisinho?

Por um instante o Bis tirou o olho da estrela.

— Ué, só agora que cê tá vendo?

— É que só agora eu vi uma coisa: ela tem cara de que é bonita só de história.

Outra vez o Bis tirou o olho da estrela:

— Como é que é?

— Tem cara de que a cara acaba quando a história acabar.

Querida

Numa virada brusca que fez a saia rodopiar, a Ella lançou pros céus um lamento:

— É por tua causa que eu vou me transformar! É porque você se transformou numa estrela que eu agora também vou me transformar! — E arrastou na voz o "transformar" até desaparecer atrás da árvore de tronco grosso.

O lamento da Ella foi tão repentino e forte, que o Pollux, o Bis e a Velha se retesaram de susto. O Pollux, então, ficou paralisado: o olho grudado na escuridão em que a Ella tinha desaparecido.

O susto não teve tempo de sumir. Logo depois a Ella reapareceu e o susto cresceu ainda mais: ela tinha se transformado por completo. O vestido primaveril que cobria a figura anterior tinha desaparecido debaixo de um manto escuro, roto, sujo, que arrastava no chão. Dos quinze anos que ela aparentava quando surgiu na clareira, agora a cara era de uma velha-velhíssima, coberta de rugas e deformada por cicatrizes, manchas e feridas que o capuz do manto, puxado pra testa, não chegava a disfarçar. A figura entrou em cena curvada sobre uma bengala, arrastando um andar defeituoso pra junto do Pollux.

A Velha estava de olho arregalado; o Bis, paralisado.

O Pollux foi se encolhendo no banco à medida em que a Ella se aproximava dele.

Ela parou junto do Pollux, apontou a bengala pro céu e, agora com uma voz de arrepiar ouvido, bradou pra estrela:

— Ei! Você aí! Tá me ouvindo? Tá me reconhecendo? Eu sou o teu filho: o Pollux!

O Pollux se virou pro Pacífico e gaguejou, horrorizado:

— Que que é isso, Pacífico? que que é isso! Ela tá dizendo que ela sou eu.

Brandindo a bengala pra dar ainda mais ênfase às palavras, a Ella continuou sua fala pra estrela:

— Hoje é o dia do meu aniversário, lembra? Tô fazendo dez anos.

Querida

O Pollux se levantou pra protestar. A Ella prosseguiu:

— Só que agora eu sou dois, pai: o Pollux que você conheceu, este aqui... — a ponta da bengala tocou no Pollux — ...que todo mundo vê, e este aqui... — bateu com o cabo da bengala no peito — ...que só você e quem está ouvindo essa história vê. Eu sempre achei que o nome que você escolheu pra mim não combinava comigo, sabe, pai; então, pra este Pollux aqui — outra vez bateu com o cabo da bengala no peito — eu escolhi um nome que tem tudo a ver: CIÚME — gritou pra estrela. — Ciúme — repetiu mais baixo, se virando pro Pollux.

O Pollux quis recuar e caiu sentado no banco, o olho preso no olhar da Ella, que se inclinou pra ele, chegou o rosto bem junto do dele e repetiu num cochicho lento:

— Ciúme.

A cara do Pollux foi se franzindo toda. Primeiro, numa expressão de repulsa, que logo se misturou com uma expressão de dor.

A Ella se virou. Ergueu braços e bengala pra estrela e se lamentou:

— Pai, você foi aí pra tão longe!... Deixou a gente sozinha aqui na Terra, a mãe e eu. Mas, pai, em vez de ficar só ela e eu, ela arranjou um outro você. — A voz foi se quebrando. — Ela pegou todo o amor que era só nosso e deu pra ele, pai! Eu quero pra mim, eu quero, eu quero, eu quero... — Se curvou sobre a bengala e se desmanchou em soluços.

O Pollux respirou fundo. De repente se levantou e saiu correndo.

A Ella parou os soluços. Saiu da cena devagar. Pausa.

Como nada mais acontecia, o Bis acabou perguntando pra Velha:

— Será que a história acabou?

A Velha levantou um ombro cansado e fez um muxoxo de dúvida.

O Bis se levantou e perguntou pro Pacífico:

— Não vai ter mais história?

O Pacífico foi ao encontro dele:

— Por quê? Você gostou dessa?

— Mais ou menos.

— Mais ou menos por quê?

— Mais porque é bom ver história; menos porque essa história foi meio ruim de entender.

— É... Não é uma história assim... muito... gostosa, não é?... — Virou pra Velha: — E a senhora? gostou?

— Gostosa? A torta de banana? Uma delícia! Ainda tem?

— Acho que sim. Se o Pollux não comeu o resto...

O Bis se alarmou:

— Ele saiu correndo! Será que foi pra comer o resto?

— Acho que não...

A Velha agora estava interessada:

— E a pizza? sobrou?

— Espero que sim.

A Velha se levantou e segurou a cordinha que amarrava a mala:

— Vamos lá ver. Ajuda aqui com essa mala, Bis!

O Pacífico se adiantou:

— Pode deixar que eu levo.

— Mas vai nos levar também no Piauí, não vai?

— Não foi bem assim que eu falei quando fui buscar vocês pro aniversário do Pollux. Eu disse que ia fazer vocês *chegarem* no Piauí. — Olhou comovido pra Velha. Ela parecia tão velha e cansada!... — Fique descansada: a senhora vai chegar lá.

— E a pizza que sobrou? — O Bis perguntou. — A gente chega lá?

— Espero que sim. — Segurou a mala com cuidado pra ver se ela aguentava o resto da viagem e voltou pra casa, seguido da Velha e do Bis.

Foi só entrar na cozinha que o Pacífico ouviu um choro abafado no quarto ao lado. Hesitou um momento. Resolveu ignorar o ruído.

As sobras da pizza, da salada, da torta e de tudo mais que o Pacífico tirou da geladeira pra Velha e o Bis comerem antes da *contação de histórias* ainda estavam na mesa, cobertas por uma toalha.

Quando o Pacífico retirou a toalha, a Velha e o Bis acharam até que era mágica.

— Quanta sobra! — o Bis exclamou encantado. E foi logo estendendo a mão pra torta.

A Velha, revigorada com a visão de tanta comida outra vez à disposição, deu um tapa na mão do Bis:

— Mostra educação aí pro moço!

— Você não quer começar pela pizza?... — o Pacífico perguntou. O Bis rodou o dedo indicador no ar, indicando que a pizza ficava pra depois. — Ou pela salada?... — Nova rodada do indicador. O Pacífico serviu um pedação de torta pro Bis.

A Velha estendeu um prato:

— Pra mim também, faz favor.

— A senhora também prefere começar pelo fim?

A Velha fez cara de quem sabe das coisas:

— É sempre melhor garantir logo o melhor, né?

O Pacífico serviu a Velha com igual generosidade, de ouvido no quarto ao lado: o choro parecia ter parado. Foi só acabar de servir a Velha que o Pacífico já teve que se ocupar da mão do Bis, estendida de palma pra cima.

— Mostra educação! pega o prato! — a Velha ordenou de boca cheia.

O Pacífico não teve mais sossego: quando acabava de servir um prato, outro já se estendia. Desistiu:

— Sirvam-se à vontade; eu já volto.

Foi só o Pacífico abrir a porta ao lado que o Pollux se virou pra parede. O Pacífico acendeu a luz e perguntou se ele queria comer alguma coisa.

Silêncio comprido.

— Escuta aqui, na velocidade que a dupla aí ao lado está liquidando as sobras de comida, se você está com fome é melhor se apressar.

Silêncio.

— Você não está com fome?

Ainda silêncio.

Querida 131

— Não quer comer uma coisinha qualquer antes de dormir?

Ainda.

— Pollux... você está dormindo?

— Estou!

— Ah, então está bem, eu não vou te acordar. — Apagou a luz e saiu fechando a porta.

Conforme o esperado, encontrou tudo que é prato vazio. Olhou pro relógio e convidou:

— Vamos voltar pro ponto do ônibus?

— É lá que a gente vai dormir de novo, é?

— Espero que não. — Pegou a mala e saiu. A dupla foi atrás.

A Velha e o Bis não falaram durante o percurso até a estação. Estavam se sentindo meio empanturrados. Mas a Velha ainda teve forças de dar um apertão na memória, querendo encontrar na lembrança um momento qualquer em que tivesse comido assim até se fartar. Acabou desistindo: a perspectiva de voltar a sentar na mala, se encostar numa parede qualquer e ficar pedindo ajuda a quem passava foi deixando ela outra vez sonolenta: dormir era melhor do que pensar.

O Bis também: estava lutando com a sensação da comida ter sido maior que o estômago e com a aflição de saber, ou não, se eles iam continuar morando na rua. Mas como os *grandes* não falavam, ele achou que tinha que ficar quieto também, mostrando educação.

O Pacífico pensava em tudo que tinha acontecido naquele dia:

Quando, acabado o almoço de aniversário, o Pollux dormiu na rede da varanda, o Pacífico foi conversar com a Ella. Pediu a colaboração dela pra botar em prática uma ideia que ele tinha tido. Depois foi até o ponto de ônibus disposto a ouvir a versão da Velha e do Bis a respeito do encontro que eles tinham tido com o Pollux. A Velha contou, e com muito mais detalhes, o que já tinha contado pro

Pollux na rodoviária do Rio: a história sofrida que vinha vivendo desde o dia em que saiu do interior do Piauí pra tentar a vida num centro grande até o dia em que resolveu empreender a viagem de volta, na esperança de encontrar em sua cidade natal um resto qualquer da família que tinha deixado por lá. E o Pacífico, que desde pequeno era um revoltado com a pobreza em que vivia grande parte da população brasileira e que sempre se comoveu com a sorte dos que até fome passavam, resolveu levar os dois, não só pra comer em casa, mas também pra participar da *contação de histórias,* isto é, do plano que tinha combinado com a Ella. Depois tomou todas as providências necessárias pra conseguir duas passagens num ônibus que fazia a linha Rio-Salvador.

Quando chegaram a Pedro do Rio, o Pacífico foi confirmar a hora em que o ônibus costumava passar na BR 040:

— Esperem aqui que eu já volto.

Assim que o Pacífico se afastou, o Bis cutucou a Velha:

— Que que vai acontecer agora, hein? — A Velha abriu um olho sonolento e respondeu apenas com uma careta de dúvida. — A gente vai ter que dormir na mala de novo?

— Quem sabe?

Silêncio. Depois o Bis perguntou:

— Como é que pode, hein?

— O quê?

— Aquela moça tão bonita virar tão depressa um bagulho?

— Mas foi ela mesma que virou?

— Então não foi?

— Pensei que era outra.

— Outra? De que jeito?

— Ué, de que jeito: sai uma, entra outra.

— Mas ela não saiu!

— Não?

— Tá vendo? cê dorme a toda hora: não vê nada direito! A moça bonita só ficou um pouco atrás do tronco e pronto: já virou bagulho.

— Não pode.

— Pois, se virou, pode, ué!

O Pacífico entrou depressa no carro e seguiu pra BR.

— Daqui a pouco passa lá na estrada o ônibus que vai pra Bahia. O motorista já tá avisado que tem dois passageiros esperando na estrada.

A Velha e o Bis se olharam curiosos.

— Essa Bahia é perto? É lá que a gente vai dormir? — o Bis quis saber.

— Vocês vão dormir no ônibus: a Bahia é muito... muito longe.

A Velha se afligiu:

— Xi! O senhor não tá entendendo, não é pra nenhuma Bahia que a gente quer ir, a gente quer ir é pro Piauí.

— Piauí! — o Bis gritou bem alto pra ver se o Pacífico entendia.

— Eu entendi... eu entendi. Mas não tem nenhum ônibus direto pro Piauí que passe por aqui. Vocês vão até a Bahia e lá esperam pelo ônibus que vai pra Teresina.

— É lá! — A Velha exclamou, pela primeira vez animada. — É lá pertinho de Teresina que eu nasci e me criei. Ah! é lá.

O Pacífico parou no acostamento, deixou o alerta do carro piscando, pegou a mala e ajudou a Velha a sair do carro. Se agruparam na beira da estrada.

— Pronto, agora é só esperar o ônibus passar.

— Mas a gente não tem bilhete, a gente não tem dinheiro, a gente não tem...

— Calma, minha senhora. A empresa de ônibus já recebeu o dinheiro das duas passagens pra Bahia.

— Mas é pro Piauí que a gente quer ir! — o Bis gritou, aflito.

— Eu sei, Bis, eu sei... — Foi depositando várias notas na mão da Velha. — Quando a senhora chegar na rodoviária de Salvador... — olhou pro Bis — ...na BAHIA... a senhora compra duas passagens pra Teresina e, de lá, mais duas pra sua casa.

A Velha estava nervosa:

— Eu não sei se ainda vai ter casa, eu não sei se ainda vai ter família, eu... Xi! Mas é muito dinheiro, moço, não precisa isso tudo! Não precisa de duas passagens: o Bis viaja no meu colo.

— A viagem é muito comprida, vocês vão ter que dormir direito, já chega de dormir em cima dessa mala. — Fechou a mão da Velha em torno do dinheiro. — A senhora não tem uma bolsa?

— Tenho, sim, não me separo dela. — E abriu a sacola plástica de supermercado que levava sempre na mão.

— Tá furada! — o Bis gritou. — Olha só! Não bota a grana aí, não bota!

A Velha olhou desconsolada pro enorme furo na sacola vazia:

— Ah... que pena! eu tava levando aí dois retratos que o lambe-lambe tirou da família antes da gente ir s'embora do Piauí. Sumiram... — Enfiou a mão na sacola. — Sumiram por esse buraco aqui.
— A mão saiu do outro lado do plástico.

O Bis não perdeu tempo: deu logo um aperto de mão na mão e caiu na gargalhada. Depois anunciou:

— Eu tenho um bolso aqui no meu short.

— Puxou o forro do bolso pra fora. Todo furado.

Com mão trêmula, a Velha enfiou o dinheiro no peito.

— O senhor sabia que eu nunca deixei de usar sutiã? — ela disse, orgulhosa, numa vozinha tremelicada. Ficou apertando o dinheiro no peito.

— O senhor tem certeza de que quer me dar todo esse dinheiro? — E fez menção de tirar o dinheiro do sutiã. O Pacífico deteve a mão da Velha:

— Esse dinheiro é seu, minha senhora.

A Velha agarrou a mão do Pacífico, apertou os lábios com força, mas a onda de emoção foi mais forte e abriu caminho pros soluços.

— Shhh! — fez o Bis. Os soluços da Velha redobraram. — Para com isso! Mostra educação!

A custo a Velha conseguiu conter os soluços. Mas foi com lágrimas pingando que ela olhou fundo no olho do Pacífico e perguntou:

— Por quê?

— O quê?

— Que o senhor tá fazendo isso com a gente?

O Pacífico, que não perdia a estrada de vista, enxergou um ônibus se aproximando.

— Acho que lá vem o ônibus de vocês.

O Bis começou logo a fazer sinais frenéticos pro ônibus. A Velha sacudiu a mão do Pacífico.

— Como é que eu vou lhe pagar esse favor?

— Que é isso? Favor nenhum. — Tentou pegar a mala, mas a Velha não soltou a mão dele.

— Eu vou ficar lhe devendo esse favor pro resto da minha vida.

— Solta ele, pô! Olha o ônibus chegando. Para de sacudir a mão dele! — o Bis gritou.

Mas a Velha não largava o Pacífico:

— Sou sua devedora pra sempre.

E o Pacífico, sem nunca perder a calma:

— Não, minha senhora, o devedor sou eu.

A Velha meio que riu:

— O senhor!...

— E todos que, como eu, moram numa boa casa e têm uma mesa farta somos devedores da

senhora, desse menino aí e de tudo que é brasileiro
que ainda vive feito vocês.

O ônibus foi freando, parou, a porta se abriu.
Mas a Velha continuou agarrada no Pacífico. O Bis
se descontrolou:

— Puta-que-pariu! Ou fica com ele ou vai pro
Piauí!

Só aí a Velha largou o Pacífico e entrou no
ônibus. Mas não antes de suspirar:

— Pudesse eu ficar com ele!...

O Pacífico botou o Bis dentro do ônibus,
entrou, falou com o motorista confirmando a ida dos
dois até Salvador, colocou a mala no bagageiro e
saiu. Se virou pra desejar boa viagem, mas a porta
já tinha fechado. O ônibus foi embora. O Pacífico
foi seguindo o ônibus com o olhar enquanto a
imaginação tentava formar um quadro da vida que
esperava o Bis e a Velha lá no Piauí.

O Pacífico guardou o carro na garagem, entrou pela porta da cozinha e se encaminhou pro quarto. Assim que abriu a porta, o Pollux se encolheu assustado.

— Onde é que você foi? — perguntou, agressivo.

— Pensei que você estava dormindo...

— Tô sem sono. Onde é que você tava?

— Fui levar teus amigos de volta.

— Não tenho amigo nenhum aqui. Só tenho inimigo. Começando por você, que me deixa sozinho com aquela... aquela... — Jogou a cabeça pra trás e olhou pro teto. — Nunca passei um aniversário tão horrível na minha vida inteira.

— Foi você que escolheu. Podia estar curtindo uma festança lá na tua casa.

— Com o meu pai virado estrela, não é? com a minha mãe apaixonada por um cara que vai pra Austrália, não é? sem cacife pra dizer pra ele: não saio do Rio! nem eu nem o Pollux! Já pensou? ter que estudar numa escola de gringo? falando língua de gringo o tempo todo?

— Acho que pode ser uma experiência muito boa e muito útil pra você.

—Você diz isso porque não tá na minha pele.

— É muito triste perder um pai que a gente gosta, feito você gostava do teu. Eu sei: eu também sofri muito quando a minha mãe morreu. Mas, pensa bem, você tem uma mãe que te adora e...

— E que casou com um cara que quer me tirar do mapa e ficar com a minha mãe só pra ele.

— Ah, Pollux, para com isso, tá? Você já inventou bastante desde que chegou aqui: tá de bom tamanho. Guarda o resto das tuas invencionices pra quando você virar escritor.

— E quem é que disse que eu vou virar escritor? Eu vou ser é astrônomo!

— Se não virar, vai ser uma pena: você se comporta como um verdadeiro escritor: vive as tuas invencionices como se elas fossem verdadeiras.

O Pollux se aprontou pr'*aquela* discussão:

—Você tá querendo dizer que tudo que eu digo é mentira?

— *Quase* tudo, Pollux, *quase* tudo é invenção.
— Olhou firme pro Pollux. — Quando a invenção não
prejudica ninguém... — deu de ombros — tudo bem.
Mas quando a invenção é inventada pra trazer
sofrimento pros outros, aí a coisa fica séria, Pollux.

— Eu não inventei nada pra prejudicar
ninguém!

— Ah, não? Como é que você pode dizer isso
se você mesmo falou que fugiu de casa pra castigar a
Iara!

— Eu falei sem querer!

— É bom quando você fala sem querer: pelo
menos sai a verdade.

— O que eu quis dizer foi que...

— Foi que você inventou um castigo pra
ninguém botar defeito: na breve conversa que eu tive
com a tua mãe deu pra sentir muito bem o inferno
que ela viveu esses dois dias. E o marido dela
também: tenho certeza que ela não estava inventando
quando disse que ele tem feito *tudo* pra ganhar tua
confiança e teu afeto.

— *Feito tudo,* ha!! Fazer tudo é arrancar a gente do Rio e jogar a gente lá naquele fim de mundo, no meio dos cangurus?!!

O Pacífico cruzou os braços e ficou olhando pro Pollux durante um momento. Depois, paciente:

— Será que você ainda não aprendeu que a Austrália tem muito mais pra oferecer além de cangurus?

O Pollux virou a cara pra parede. O Pacífico se sentou junto dele:

— Mas não foi só a Iara e o marido dela que você fez sofrer com as tuas invencionices nesses dois dias, foi? Parece que tem outra dupla também...

O Pollux olhou pra ele:

— O que que você tá querendo dizer?

— Que você trouxe aqueles dois pobres coitados lá do Rio e largou eles aí no meio da rua, sabendo que eles não tinham um tostão furado e estavam com fome.

— Eles tão sempre com fome!!

Querida

— Claro! eles não têm um tostão... Largou eles lá sem se importar o que que eles iam fazer da vida, nem como é que iam passar a noite.

— Ah, Pacífico, essa não! eu paguei média, pão com manteiga, paguei passagem, dei o resto do meu dinheiro pra eles, e você agora me vem com essa história de que eu fiz eles sofrerem? Fiz coisa nenhuma! Se empanturraram de comida, pensa que eu não vi? Fui procurar você lá na cozinha pra não ficar aqui tão sozinho no dia do meu aniversário e só vi prato vazio! E como é que você pensa que eu encontrei eles lá no Rio? Sentados naquela mala! Esperando cair do céu um prato de comida e uma passagem pro Piauí. Deixei eles aí do mesmo jeito que eu encontrei, só isso.

— Só que, *aqui*, eles dormiram ao relento. Só que, *aqui*, faz frio de noite, conforme você tá vendo. Só que, *aqui*, é um lugar muito pequeno, sem recursos. No Rio, abrigados na rodoviária, com todo aquele movimento, e mais um clima quente, eles tinham uma chance, mas *aqui?!* Eu nem sei como é que aquela senhora, já parecendo tão idosa e fraca, sobreviveu. Eles me contaram a noite que passaram. E, se eu não fosse até lá, quantas mais eles iam passar?

O Pollux ficou olhando um momento pro Pacífico. Depois:

— E... onde é que você deixou eles?

— Dentro de um ônibus-leito. A caminho do Piauí.

O Pollux ruminou a informação e, num tom triunfante:

— Tá vendo? tá vendo só? se eu não trago eles pra cá *nunca* que eles iam chegar no Piauí. Ainda mais assim: de ônibus-leito. E você ainda fica contra mim.

O Pacífico lançou um olhar paciente, mas cansado, pro Pollux e se afastou.

— Onde é que você vai?

— Vou ver se sobrou alguma coisa pra Ella comer, se quiser.

— Ela é aquela... aquela mulher horrível?

Querida   *147*

— Depende de como se olha pra ela...

— Você vai me deixar outra vez aqui sozinho?...
Pacífico!!... — Se levantou e foi atrás do Pacífico. — Tá
vendo só como você gosta mais dela do que de mim?
Você não perguntou se eu queria comer alguma
coisa, perguntou? E eu tô morrendo de fome!

— Perguntei se você queria comer, sim senhor,
e você não quis...

— Eu?

— ...disse que tava dormindo. Pois então
durma. E sonhe com os anjos.

O Pollux bateu a porta com toda a força.
Voltou devagar pra cama, olhando pra janela com o
rabo do olho: e se ela aparecia de repente? Apagou
a luz pra não ser visto. Sentou. Se espremeu contra a
parede. Fechou os olhos com força.

Mentira! ele não estava com fome coisa
nenhuma.

Nem com sono.

Nem com sede.

Nem com nada.

Mas então... era com isso que ele estava? Com nada?

Não! não era com isso... Era com medo que ele estava, não era não?

Da mulher horrível?

De tudo.

De tudo, de tudo, de tudo! de ficar ali, de voltar pra casa, de ir pra Austrália, de olhar pra estrela (e ver aquele brilho? do olho do pai vigiando ele?), de ver de novo aquela cara horrível chegando perto, dizendo que ela era ele, dizendo que ele se chamava Ciúme. Pensando o quê? que ele ia acreditar naquela história? que ele ia ter vontade de...de....

Vontade de nada. Ah, era isso mesmo que ele estava sentindo: vontade de nada.

Mas ele sempre tinha tido vontade de tanta coisa... Será que... será que essa vontade nova que ele nunca tinha tido, mas que estava sentindo agora, era aquela vontade que, às vezes, falavam?... vontade de morrer?

Querida 149

Tentou recitar o *Y-Juca-Pirama*. Não se lembrou de verso nenhum. Sentiu a garganta se apertando; o olho ardendo. E se ela estivesse ali pertinho? procurando ele ali no escuro? O coração despencou. Respirou fundo. Foi, pé ante pé, pra janela. Se inclinou sobre a mesa e encostou o nariz no vidro. Estava tão concentrado na tentativa de enxergar lá fora algum vestígio da Ella, que, quando a luz no quarto se acendeu, ele deu um grito de susto.

Era o Pacífico. E o Pollux se agarrou tremendo nos braços dele.

— Que que é isso, Pollux? que que foi?

O se-agarrar do Pollux foi virando um se-abraçar no Pacífico. Cerrou o abraço e deu vazão aos soluços.

Fora um alisar de mão no cabelo do Pollux, o Pacífico permaneceu impassível. Quer dizer, *parecia* impassível. Mas o coração batia apressado e emocionado. Há quanto tempo ele não sentia o calor de um abraço apertado? A memória foi abrindo caminho, passado afora, até chegar no último abraço que trocaram, ele e a Mãe, quando se despediram na porta de casa:

"Não se preocupe, meu filho, vai correr tudo bem, eu tenho prática. Tá esquecendo que eu vou ser mãe pela nona vez?"

"Eu queria ir com você, querida..."

"Aqui em casa você é muito mais útil, filho: ninguém como você pra me ajudar a cuidar da meninada..."

O abraço se prolongava, se apertava; a Mãe teve mesmo que empurrar ele pra se desprender do abraço, entrar no carro, partir pro hospital.

A cena agora era tão viva na lembrança, que o Pacífico fechou os olhos e imobilizou a mão na cabeça do Pollux. Aquele abraço teimoso, que não queria soltar a Mãe, era movido pela premonição repentina de que ela estava indo embora pra nunca mais voltar. E a premonição tinha ficado doendo no peito, hora atrás de hora, pelo resto do dia e pela noite afora. E, de manhã...

A lembrança ficou tão forte e parecia tão real, que o Pacífico teve a impressão de escutar a voz do Pai, ao voltar do hospital:

"Sua mãe... sempre tão saudável que ela foi, não é?... Mas, desta vez... não resistiu. Reúna seus irmãos e dê a notícia a eles. Diga também que a criança se salvou e já dei nome a ela: Iara."

A lembrança sofrida do passado não deixava o Pacífico perceber que estava abraçando o Pollux cada vez com mais força. O Pollux parou de chorar e tentou se desprender do abraço. O movimento produziu um solavanco na memória do Pacífico. Ele logo se afastou do Pollux e perguntou:

— Você não quer que eu aqueça um leite pra você tomar? A noite tá fria.

O Pollux fez que não.

— Então, vamos dormir.

O Pollux fez outra vez que não. O Pacífico apontou o relógio:

— Mas, olha aí, teu aniversário tá chegando ao fim...

Lentamente, o Pollux se sentou na beirada da cama. Ombros caídos e olho no chão. Suspirou. Declarou em tom dramático:

— Tô cansado de viver.

— É... esse aniversário deve ter te deixado meio exausto...

O Pollux arrancou outro suspiro do peito e confessou:

— Era mentira.

— O quê?

— Aquelas histórias todas que eu contei do Roberto.

O Pacífico olhou pra ele interessado: era a primeira vez que ele chamava "aquele cara" de Roberto.

— Ele fez tudo pra eu gostar dele, só que... — Trancou a boca: palavra mais nenhuma quis sair.

O Pacífico sentou na cama e se encostou na parede pra ficar de frente pro Pollux. Olhou pra ele com ternura.

O Pollux acabou desabafando:

— Só que eu acho que a querida não precisava gostar dele assim, feito ela gosta.

O Pacífico teve um pequeno estremecimento:

— Como é que você chamou a Iara?

— O quê?

— Você chamou ela de querida?

— Chamei, é?

— Chamou.

— Ah. Não era pra chamar. Eu sempre chamei ela assim, mas... mas agora eu não vou mais chamar. — Franziu a testa: — Por quê?

— Por que o quê?

— Que você quis saber.

— Ah... é que... eu... achei curioso: eu também chamava a minha mãe de querida.

— É mesmo?

O Pacífico fez que sim. O Pollux ficou um momento pensativo. Mas retomou o tom resoluto:

— Eu não vou mais chamar ela assim: ela não precisava gostar *tanto* dele. — Dá uma sacudida de ombros. — Não é só pra... pra sobrar mais pra mim, não. Mas é também... sei lá! E se o meu pai virou mesmo estrela e tá vendo tudo lá de cima? Ele também vai ficar chateado, não vai? Achando que não sobrou nada pra ele... Nem saudade... nem lembrança... nada. — Ficou outra vez pensativo.

—Teve um dia, sabe, que a minha mãe zangou tanto comigo, mas tanto!, que, de repente, parecia até uma bruxa. E, no meio de uma porção de bruxarias que ela disse pra mim, ela disse que eu tava até parecendo você...

— Parecendo comigo? — O Pollux não respondeu. — Como? — O Pollux se limitou a dar de ombros. O Pacífico pressionou: — Parecendo comigo... como?

E o Pollux, relutante:

— Ela falou que você também.

—Também o quê?

—Tinha um amor doente pela tua mãe.

— Levantou o olhar pro Pacífico. Depois o olho voltou pro chão. — Eu fiquei cismado com isso, sabe, quer dizer, eu fiquei muito tempo

pensando o que que era um amor *doente*...
Eu nunca tinha pensado que amor podia ficar
doente. — O olho foi de novo pro Pacífico.
— Pode?

— *Tudo* pode adoecer.

— Mas amor também?

— *Tudo.*

— E como é que a gente sabe quando ele
adoece?

— Ah, Pollux, acho que a gente sabe
porque... porque ele carrega a gente. Quer dizer,
a gente começa a adoecer junto com ele. Vai
perdendo a alegria, vai deixando de se importar
com os outros, fica só pensando na doença, acaba
até ficando meio cansado de viver, o que, em
outras palavras, significa: vontade de morrer. E
quando a gente fica desse jeito é porque... tá
doente, não é?

— Você... ficou assim?

— Durante um tempo, fiquei, sim.

— Por causa da tua mãe, quer dizer, da minha vó?

O Pacífico fez que sim. O Pollux emudeceu e ficou imóvel; na testa uma ruga funda. O Pacífico resolveu quebrar o silêncio:

— Foi por isso que você escolheu vir pra cá quando fugiu de casa? Pra aprender com "gente grande" como é que é um amor *doente?*

O Pollux olhou meio perplexo pro Pacífico. Depois, num impulso:

— Eu acho que, se você tem amor por ela — fez um gesto de cabeça pro jardim —, isso sim: é um amor doente.

— Por quê?

— Por quê?! Puxa vida, Pacífico, se teu amor por essa mulher não é doente, então eu não entendo *mesmo* o que que é um amor doente. Todo mundo lá em casa fala que você se curou do amor que você tinha pela tua mãe quando conheceu essa mulher e que você abandonou tudo por causa dela (*você* mesmo diz isso naquela carta), e que veio se enfiar nesse alto de montanha com ela pra fugir do mundo; quando eu chego aqui você diz que essa casa não é tua, que ela não é tua mulher, diz que cozinha pra ela, que serve ela, mas que não vive com ela, vive é pra ela, e essa mulher ora tem cabelo branco, ora parece quase da minha idade, ora tá caindo de velha e dizendo que ela sou eu e que o nome dela é Ciúme. Caramba! E você ainda quer que eu ache que esse amor tá vendendo saúde? Tenha a santa paciência, Pacífico! bota doença nisso.

— São máscaras.

— O quê?

— Desde pequena que a Ella...

— Por que que você diz *que a ela,* em vez de *que ela?*

— Porque o nome dela é Ella: *e,* dois *eles, a.* Desde pequena a Ella gostou de fazer máscaras. Ninguém faz tão bem quanto ela. Aprendeu uma técnica, que aperfeiçoou na Europa, na feitura de máscaras que aderem ao rosto como uma segunda pele. Com essas máscaras ela faz da cara o que quer: passa da mais linda à mais monstruosa. Às vezes ela finge que o gramado é um palco: escolhe um papel qualquer pra representar e se bota na máscara mais adequada ao papel.

— Ela é maluca?

— Um pouquinho só... — o Pacífico respondeu, meio brincalhão. E depois, sério: — Ela sempre adorou teatro. E foi uma atriz famosa. Teve que abandonar o palco. Mas não abandonou o gosto de representar. Então... representa pra mim. Ou pras estrelas... Hoje representou pra vocês...

— Mas ela foi mesmo famosa?

O Pacífico fez um gesto afirmativo.

— Ela representava de máscara?

O Pacífico fez que não.

— Entrava no palco com a cara dela mesma? Que sim.

— E como é que é a cara dela?

O Pacífico hesitou:

— Como é que é, ou como é que era?

— Por quê? não é mais a mesma cara?

O Pacífico fez que não.

— Passou de moça pra velha, não é?

— Não foi só por causa do tempo que passou.

— Foi por que mais?

— É que... ela sofreu um acidente... Teve que fazer uma porção de cirurgias, sobretudo no rosto e nas pernas. Ficou diferente.

— Ela era bonita?

O Pacífico fez que sim. Depois reforçou:

— Muito.

— Assim feito a minha mãe?

— A última vez que eu vi tua mãe ela era desse tamanhinho.

O Pollux abriu a mochila, pegou um caderno, tirou uma foto colorida lá de dentro e apresentou a Iara pro Pacífico:

— Minha mãe!

O Pacífico ficou contemplando a foto.

— Linda que ela é, não é?

O Pacífico fez que sim.

— A Ella era bonita assim?

O Pacífico afirmou outra vez com a cabeça.

O Pollux ficou olhando pra foto, suspirou, depois guardou ela outra vez no caderno e botou o caderno na mochila.

— Foi acidente de carro ou de moto?

— De janela.

— De quê?

— Ela caiu da janela. Quinto andar.

— Caiu como?

— De propósito.

O Pollux levou um susto.

— Caiu de propósito?

— Foi.

Só depois de digerir a resposta o Pollux perguntou:

— Mas por que, Pacífico!

— Por que que você acha que as pessoas caem de propósito de uma janela alta?

Os dois ficaram se olhando. Depois, numa voz hesitante, o Pollux quis saber:

— Você já estava vivendo com ela quando isso aconteceu?

— Não.

— Mas você já conhecia ela?

— De palco. Fui ver ela no teatro e... me apaixonei. Uma paixão dupla: pela atriz e pela mulher. Depois... fui ver ela no palco não sei quantas vezes. Não tirava o olho dela. Acompanhava a fala dos outros atores pelas expressões que eu via no rosto dela. Acabei aprendendo ela de cor.

— E quando a peça acabava você ia falar com ela?

— Não. Eu sempre fui muito tímido, Pollux. E muito pouco gregário.

— Que que é isso?

— Gregário? Quem costuma e gosta de viver em bando, enturmado, sempre com outros em volta... A primeira vez que eu falei com ela foi lá no restaurante onde eu trabalhava como *chef.* Um restaurante muito badalado. Eu tinha inventado um prato... — Reassumiu o tom brincalhão. — Depois que eu me apaixonei pela Ella, dei pra inventar novos pratos: como eu não podia me dedicar a ela, eu me

dedicava aos pratos que preparava pensando nela...
— Deu de ombros. — Pelo jeito, gostaram dos pratos que inventei: virei referência nas colunas gastronômicas...

— Pois então eu não te contei que o tio Egeu falou que você tinha virado celebridade do fogão?

— Pois é... — Ficou olhando pra janela como se pudesse enxergar a mata no meio da escuridão.

— E aí?

— Aí... já que eu não podia... me dar pra ela... eu me contentei em dar o nome dela pros pratos que eu criava: *Ravióli à Ella, Suflê à Ella, Filé de badejo à Ella...* — Não demorou pra mídia anunciar que Ella era a Ella. E um dia ela apareceu no restaurante pra provar um prato dedicado a ela.

O Pollux ajeitou o travesseiro contra a parede, se recostou nele e encolheu as pernas em cima da cama:

— E aí? Aposto que ela provou tua comida, achou uma delícia e se apaixonou por você!

— Pela comida, sim, acho que ela se apaixonou. Tanto que voltou mais duas noites pra provar os outros pratos que eu tinha dedicado pra ela. E das três vezes me chamou na mesa pra me dar os parabéns e agradecer a homenagem.

— Mas ela não se apaixonou por você? — o Pollux perguntou, meio indignado.

— Ela já estava apaixonada, Pollux: pelo teatro. E pelo marido também: ele era diretor de óperas, teatro e cinema lá na Itália. Veio ao Rio dirigir um espetáculo, conheceu a Ella representando num teatro amador, se apaixonou por ela e pelo talento dela e resolveu ir ficando por aqui. Rapidinho, transformou a Ella numa grande estrela. Nunca permitiu que ela fosse dirigida por mais ninguém, a não ser por ele, tanto no teatro como no cinema e na televisão. Se casaram e... — Se calou.

— E aí, Pacífico?

O Pacífico fez um gesto meio vago:

Bom... desde que ele resolveu transformar a Ella numa grande estrela, ela se tornou muito dependente dele. Nunca duvidou de que era a direção dele, e não o talento dela, que tinha transformado ela numa... celebridade, como você diz. Tanto que, quando ele se cansou do Brasil e dela e resolveu voltar sozinho pra Itália, logo começou o declínio da Ella.

— Mas por quê?

— Ela sofreu muito com o abandono dele e foi tomada por uma grande insegurança... — O olhar voltou pra janela: — Me lembro que, tempos depois, quando voltei ao teatro pra ver a Ella numa nova peça que estreava, ela... ela não era mais a mesma. Continuava tão linda!... Mas não emocionava mais ninguém: parecia ter perdido o dom do palco. A peça foi um fracasso estrondoso, saiu logo de cartaz. Soube depois que uma minissérie que estava sendo filmada pra televisão, com a Ella no papel principal, tinha sido cancelada porque ela estava péssima no papel. Um dia os jornais noticiaram que ela tinha sofrido um acidente gravíssimo.

O Pollux hesitou. Depois perguntou:

— A janela?

Querida

O Pacífico fez devagar que sim. Ficaram em silêncio.

De repente um toque de campainha fez os dois estremecerem. O Pacífico se levantou:

— É a Ella me chamando.

— A essa hora!

— Ela dorme tarde. — Se encaminhou pra porta, seguido pelo olhar intrigado do Pollux. Já saindo do quarto, ele se virou e sorriu: — Agora, que eu já te contei tanta coisa, você não tem mais medo dela, tem? — O Pollux fez que não. — Nem medo de ficar aqui sozinho, não é? Afinal de contas, teu aniversário já acabou: agora você tem dez anos feitíssimos: é mais do que tempo de dormir sozinho. Aqui, no Rio, na Austrália e onde mais que você for. — Saiu fechando a porta.

Bem que o Pollux se preparou pra dormir. Mas foi só apagar a luz que a lembrança de tudo que ele tinha vivido nos últimos dois dias tomou conta dele. Começou a repassar cada cena na memória. Desde o momento em que viu chegada a hora de aplicar na Iara o castigo planejado até a conversa que tinha acabado de ter com o Pacífico.

O sono não chegava. As horas passavam e o Pacífico não voltava. O Pollux se revirava na cama, fantasiando várias circunstâncias que estariam impedindo o Pacífico de voltar. Estava decidido a não ter mais medo de ficar sozinho no quarto. Mas o medo voltou. E quanto mais razões o Pollux inventava pra justificar a demora do Pacífico, mais o medo crescia e os músculos se retesavam na tensão da espera.

A primeira luz do dia se anunciou pela vidraça.

De repente o Pollux se sentiu tomado pela vontade, ou melhor, pela urgência, verdadeira urgência, de voltar pra casa. Sentou na cama num pulo. Fechou os olhos. Se viu abraçando a Iara: voltei, querida, voltei!! Viu o Castor chegar correndo, abanando o rabo, latindo, pulando: oi, Castor, que saudade! Se viu afagando o pelo farto do Castor e até *sentiu* a mão sendo lambida e mordiscada. *Ouviu* a voz do Roberto perguntando: é mesmo o Pollux que está chegando? E se viu estendendo os braços pro Roberto. A sensação, agora, era de que já fazia muito, muitíssimo tempo, que tinha fugido de casa.

A porta do quarto se abriu de mansinho e o Pacífico entrou:

— Ué! você ainda está acordado?... Ou você *já* está acordado?

O Pollux olhou pro Pacífico. Se surpreendeu. A testa se franziu, o olho se apertou, feito querendo enxergar melhor. A *chegada em casa* se desmanchou na lembrança, mas, ainda assim, o Pollux pareceu estar estranhando o Pacífico.

— Que foi, Pollux? — o Pacífico perguntou e acendeu a luz.

Agora, com o quarto bem iluminado, o Pollux estudou melhor a cara do Pacífico.

— Que é, Pollux? Que jeito de me olhar é esse?

— Tô te achando diferente...

O Pacífico tentou sorrir.

— Devo estar com cara de sono; é muito tarde; vou dormir. — Desapareceu no banheiro e fechou a porta.

Longa pausa.

O Pollux só escutava o barulho da água escorrendo. Até que lá pelas tantas resolveu chamar:

Pacífico!

— Hmm?

— Escuta, Pacífico, eu quero voltar pra casa. — Depois de um tempo: — Você ouviu, Pacífico? Eu vou voltar pra casa. — Aguardou um momento. Escutou o Pacífico perguntando "quando?". — Agora! Agora mesmo! Se você não quer me levar na estação, não faz mal, viu? Cheguei a pé, não cheguei? posso voltar do mesmo jeito. Só que eu não tenho dinheiro pra passagem, você me empresta uma grana?

O Pacífico saiu do banheiro enxugando o rosto com uma toalha:

— Voltar... agora?

— Não tem ônibus a essa hora? Olha aí, o dia já nasceu.

Durante um momento ficaram se estudando. O Pollux continuava achando o Pacífico *diferente*, mas agora estava tão entregue à perspectiva de voltar pra casa que só pensava na maneira de acelerar essa volta. O Pacífico olhou pro relógio:

— Daqui a pouco já tem um que vai pra Petrópolis. Lá você pega outro que vai pro Rio.

— Vem comigo, Pacífico, vem!

O Pacífico, com ar distraído, fez que sim:

— Mas, se você tá querendo ir com essa urgência toda...

— Tô!!

— ...então é melhor a gente se preparar depressa.

O Pollux saltou da cama e começou a arrumar a mochila. O Pacífico enfiou um suéter, pegou as chaves do carro e saiu:

— Tô te esperando lá fora.

O Pollux queria chegar de surpresa, mas, no caminho pra Pedro do Rio, o Pacífico argumentou que era melhor ele telefonar pra Iara e dizer que estava voltando pra casa.

A cada minuto que passava o Pollux ia ficando mais algariado com a ideia de se jogar nos braços da Iara, de se juntar com o Castor e... até mesmo com o Roberto. A decisão de voltar pra casa deixava ele alegre. Uma alegria que foi indo num crescendo e só se interrompeu quando viu o Pacífico comprar uma única passagem:

— Mas, e você, Pacífico? Você disse que vinha comigo.

— Eu?!

— Então não disse?

— Eu disse que vinha, mas até aqui, é claro. Olha, toma esse dinheiro. Se houver qualquer desencontro com a tua mãe, pega um táxi na rodoviária.

O Pollux ficou nervoso:

— Mas... e se eu chego em Petrópolis e eles não me vendem a passagem? E se eles vêm com aquela história de que menor não pode viajar sozinho?

— Ahhh!...

— Ah o quê?

— Então foi por isso que você arrastou a bisavó do Bis até aqui, não é?

O Pollux desviou o olhar. Suspirou. Acabou concordando com a cabeça.

— Entendi. Mas dessa vez você não precisa se preocupar com isso: vou recomendar você ao motorista e dizer que a tua família está te esperando no Rio. — Vamos lá no orelhão: você vai ligar pra Iara e avisar que está voltando. Toma esse cartão. Vou ver se encontro qualquer coisa lá na padaria pra você comer na viagem.

O Pacífico não demorou a voltar pra junto do Pollux:

— Tudo fechado. Já falou com a Iara?

— Já falei e já tive que desligar: ela começou logo a chorar... — Assumiu um ar resignado:
— A minha mãe é muito... emocional, sabe, Pacífico. Eu não acho bom ficar alimentando essas coisas...

O rosto do Pacífico não escondeu uma expressão divertida.

— Ah, Pacífico, vem comigo! você não acabou de me contar a tua história. Vem!

— A minha história ainda não acabou, Pollux. Acho até que hoje... — Se deteve.

— Mas, Pacífico, ficou faltando muita coisa pra você me contar!...

— Tudo que é história é assim mesmo: sempre fica faltando mais isso e mais aquilo...

— Mas, Pacífico...

— ...o que faltou a gente preenche com a imaginação...

— Escuta aqui, Pacífico, eu quero demais que você e a minha mãe se encontrem pra ficar assim... assim, feito a gente é agora: amigo um do outro. E eu também quero demais que ela venha aqui te visitar.

O Pacífico se inclinou e segurou o Pollux pelos ombros.

— E eu quero demais que você me prometa uma coisa. Mas que prometa de verdade, pra valer.

— Claro! Que que é?

— Quero que você prometa que não vai mais me procurar, não vai mais voltar aqui e não vai ensinar nem encorajar ninguém a vir aqui.

O Pollux ficou olhando pro Pacífico, sem entender.

— Promete?

— Mas... por que, Pacífico? Por que essa coisa de querer viver assim tão... sozinho?

— Eu não vivo sozinho. — Fez um gesto de cabeça. — A Ella está lá. Agora, mais do que nunca, ela está lá. E eu sou feliz.

— Mas eu acho que...

— Promete?

— Todo mundo vai querer saber se...

— Promete?

— Eu não digo agora, mas, mais tarde, a gente podia...

— Promete, Pollux?

O Pollux assumiu um ar triste e solene:

— Está prometido.

Um abraço apertado selou a promessa e a despedida dos dois.

O intervalo

Quando o Pollux foi pra Austrália, logo depois de fazer dez anos, não imaginou, nem por um momento, que ia passar vinte anos sem voltar ao Brasil. A tristeza que ele sentiu ao deixar o Rio foi grande. Só mesmo o projeto de voltar todos os anos em férias deixou ele mais consolado. Mas, pouco depois de sair do chão brasileiro, o Pollux descobriu que lá dentro dele morava um Pollux-viajante que ainda não tinha tido a oportunidade de aparecer em cena.

O fato da Iara ter se casado com um diplomata dos mais competentes, com uma trajetória profissional ativíssima, sempre solicitado a intervir e opinar em vários projetos, principalmente ligados aos esforços internacionais relativos à paz e ao ambientalismo, acrescido à determinação do Roberto de não abrir mão da companhia da Iara em tudo que é viagem, e mais a decisão dela de não dispensar a presença do filho fizeram com que, pouco depois de se separar do Rio, o Pollux descobrisse o *eu-viajante* até então desconhecido pra ele. Começou a querer, cada vez com mais intensidade, conhecer novas terras, novas gentes. Os fins de semana, feriados, férias passaram a ser usados pra explorar regiões diversas dos países onde moravam. Primeiro, na Austrália; depois, nos Estados Unidos, para onde o Roberto tinha sido transferido; depois, no Japão, na Escandinávia, na Inglaterra, no Egito, Espanha e, já como embaixador, em Portugal. Foi lá que o Pollux iniciou seus estudos universitários ainda disposto a perseguir a escolha feita na infância: ser astrônomo... E reviveu o gosto de, outra vez, estudar na própria língua. Embora nunca tivesse deixado de falar *brasileiro* com a Iara e o Roberto, tinha vivido, ano atrás de ano, cercado de um falar estrangeiro. Em Portugal, mesmo convivendo com o sotaque diferente da nossa língua, o Pollux se sentiu invadido pela sensação prazerosa de "voltar pra casa".

Ao iniciar sua "carreira de viajante", o Pollux se sentiu logo atraído a fixar por escrito as impressões de viagem. Um dia achou que era hora de ver como é que a sua escrita *batia:* deu um relato pra Iara ler. Ela se entusiasmou; achou que o filho tinha nascido pra escrever. Quando o Roberto leu, se entusiasmou ainda mais. E daí pra frente se ocupou a planejar os roteiros das andanças (como ele gostava de chamar as viagens), tendo em mente o interesse que tal ou qual roteiro poderia ter pro Pollux escrever.

Aos dezessete anos o Pollux escreveu a história de uma visita que eles tinham feito à cidade de

Alexandria, no Egito. Encorajado pelo Roberto, mandou o relato, que ele próprio verteu pro inglês, pra uma revista literária londrina que estimulava, através de prêmios e publicações, o surgimento de escritores novos. A história não só foi publicada como ganhou um cobiçado prêmio internacional na categoria de *Traveller's tales.*

O reconhecimento internacional precoce alavancou o entusiasmo do Pollux pela escrita. Começou a ser cada vez mais cuidadoso na descrição das "descobertas" que ia fazendo mundo afora.

Aos dezenove anos se tornou colaborador assíduo (sempre com relatos de viagens) em revistas e jornais de Lisboa e Madri.

Aos vinte anos interrompeu os estudos de astronomia disposto a se dedicar por inteiro a seu primeiro livro, cujo tema eram as andanças de um jovem em terras andaluzas. Ele tinha se sentido atraído pela Andaluzia desde a primeira vez que foi àquela parte da Espanha. Depois, se beneficiando da proximidade em que vivia, lá em Portugal, voltou várias vezes, explorando minuciosamente a região. O livro foi publicado em Lisboa e não tardou a ser editado em língua espanhola. No ano seguinte já era publicado em inglês, francês e alemão. O Pollux começava, assim, sua carreira de escritor, que o absorveu por completo nas andanças que agora fazia sozinho.

Ao completar trinta anos, já contava com seis livros de viagens, todos eles publicados com sucesso e traduzidos pra vários idiomas. E foi para o lançamento de um desses livros por uma editora carioca que voltou ao Rio, sem pensar que estava voltando *para* o Rio.

O sonho

Quando o Pollux acabou de ler no jornal a notícia da morte da Ella, ficou muito tempo admirando a foto estampada no obituário. As lembranças que tinha do Retiro voltaram. Dessa vez revisadas, pra dar lugar ao verdadeiro e encantador rosto da Ella revelado pelo jornal.

Uma lembrança puxava outra, empurrando o tempo pra frente e pra trás, ora mostrando os preparativos em casa pra festa de aniversário dos dez anos, ora se adiantando pro abraço de despedida trocado com o Pacífico em Pedro do Rio, ora recuando pra projetar na memória tudo que o ciúme tinha feito ele sofrer quando a Iara se apaixonou pelo Roberto: as noites maldormidas, planejando o castigo pra ela; a fuga de casa; o horror e o medo da encenação que a Ella fez do ciúme... Volta e meia ele se perguntava: será que o Pacífico morreu também? será que ele ainda mora no Retiro? será que ele viveu com a Ella até o fim? Se ele está vivo... será que ele ainda se lembra de mim?

A vontade de voltar ao Retiro pra saber a resposta a tantas perguntas não demorou a chegar. Vontade que logo reprimiu quando se lembrou da promessa feita ao Pacífico, selada por aquele longo abraço de despedida.

No meio das lembranças surgiram as figuras da Velha e do Bis. Que fim teriam levado os dois? O Pollux se perguntava: será que tinham chegado sãos e salvos ao Piauí? Será que tinham conseguido sair da penúria em que viviam? eles e tantos mais? A dupla ficou tão presente na lembrança do Pollux, que ele acabou até sonhando com os dois quando, afinal, dormiu.

Sonhou que ia entrando na rodoviária do Rio e logo se defrontou com a Velha e com o Bis. Continuavam os mesmos que ele tinha visto na infância: o Bis, bem pequenininho, de sandálias arrebentadas e maiores que o pé; a Velha, coitada, caindo de velha; os dois sentados na mala amarrada com cordão, esperando a ajuda de alguém. Exatamente os mesmos, na mesmíssima situação. Não se surpreenderam nem um pouco quando viram o Pollux assim como ele era agora, vinte anos depois. Ao contrário: saudaram ele, e a Velha foi logo contando a mesma história que tinha contado no passado sobre a vinda e a volta pro Piauí. Só que agora, em vez do Bis pedir pro Pollux pagar média e pão, pediu que ele anunciasse pra todos que eles estavam com fome. A Velha se levantou pra reforçar o pedido e agarrou a mão dele, exclamando: "Anuncia! anda, vai! Anuncia que a gente tá com fome! Anuncia pra ver se alguém ajuda!" E ficou repetindo o pedido, sem querer mais soltar o Pollux. Quanto mais ele puxava a mão, mais firme ela segurava. Ele foi ficando em pânico: acabou pedindo ajuda ao Bis. Mas o Bis se limitou a sacudir a cabeça; e afirmou: "Se ela te agarrou desse jeito, nunca mais vai te soltar. Só se você cortar a mão dela. Mas aí cê fica com três mãos: faz mal?" E ainda por cima achou graça na possibilidade.

    Nesse momento o Pollux acordou. E com que alívio ele viu que era sonho!...

.

O segundo encontro

O Pollux não se esqueceu do sonho que teve depois de ler no jornal a notícia da morte da Ella. Nem tampouco se livrou da vontade de ir ao Retiro saber notícias do Pacífico. Mas continuou firme no propósito de respeitar a promessa feita.

Ao voltar ao Rio, depois de uma ausência tão longa, o Pollux, que se julgava um *cidadão do mundo*, foi tomado pela surpresa de se sentir *tão* em casa. Depois de ter vivido em vários países, agora ele se entregava por completo à sensação gostosa de, na rua, na praia, no bar, no restaurante, no táxi ou no transporte público, ficar ouvindo o falar carioca.

Querida

Ah!... como era aconchegante a gente se cercar do nosso jeito de falar. A partir dessa sensação tão forte, nasceu, e cresceu, a ideia de voltar *pro* Rio. Algumas semanas depois a ideia virou decisão tomada.

Em meio à agitação em que agora vivia, às voltas com papéis, moradia, aquisição de carro, sessões de autógrafo e entrevistas, surgiu um convite do editor carioca para que o Pollux fosse a Tiradentes, São João del Rei e Ouro Preto fazer o lançamento do livro, seguido de uma palestra. Evento esse que faria parte de um projeto cultural intitulado *Saraus literários*, patrocinado pelo governo de Minas.

O Pollux não hesitou em aceitar o convite: tinha viajado por grande parte do mundo, mas, fora o Rio, só agora começava a conhecer um pouco mais do Brasil: tinha ido a São Paulo e Belo Horizonte para o lançamento do livro e voltou dessa primeira andança achando que já era hora de concentrar suas viagens pelo Brasil. Resolveu ir pra Minas de carro sozinho: quem sabe, acabados os compromissos profissionais, ele estendia a viagem? aprofundava mais o conhecimento daquela região?

Foi subindo a serra, já quase chegando a Petrópolis, que o Pollux se desprendeu do tempo presente (sobretudo de uma certa Lorena, a quem ele tinha sido apresentado num jantar recente, e com quem já haviacombinado um encontro pra volta) e se deixou levar, outra vez, pelas recordações da infância. Se lembrou de um comentário feito por Picasso, mencionando as inúmeras viagens de volta à infância que costumava fazer pra alimentar toda a sua criatividade. Agora o Pollux se perguntava, à medida que ia se recordando do passado, se o ciúme, que tinha atormentado ele tanto em criança — a ponto de mentir, planejar castigos, arquitetar vinganças —, ainda morava dentro dele.

Querida

Será que sim? Será que ia mostrar outra vez a cara horrenda na hora de amar verdadeiramente uma outra mulher? Quantas namoradas já tinha tido? Se apaixonava tão facilmente, mas muito mais facilmente se desapaixonava... E nunca tinha sentido por alguma delas o ciúme que, no passado, aprisionou ele tanto tempo... Nenhuma tinha despertado nele a sensação penosa de *perdendo ela, eu me perco...* Era medo? será?... Será que era medo de voltar a ser torturado por aquele ciúme que tinha sentido da Querida, e que, mesmo depois de se reconciliar com o Roberto, ainda tinha carregado por um bom tempo escondido no coração?... Ou, quem sabe, era apenas uma questão de amadurecimento?... quem sabe ele tinha amadurecido e aprendido a lidar melhor com essa emoção? Ou será que... tinha sido a sorte... a incrível sorte de amar, de verdade, o ofício escolhido pra viver? Ofício que, além de pagar as contas, dava a ele um instrumento que era negado à maioria das pessoas: ser capaz de dramatizar na escrita os próprios problemas e emoções negativas e, assim, exorcizá-los.

Uma placa na estrada, sinalizando a direção pra Juiz de Fora, interrompeu por um momento os *será-quês* do Pollux. Depois o pensamento se prendeu de novo na tal Lorena, que tinha conhecido. E viajou com ela mais um bocado de estrada. Quando prestou novamente atenção na sinalização, viu a saída pra Itaipava. Mais adiante viu a placa indicando Pedro do Rio. Foi diminuindo a velocidade. Acabou parando no acostamento. Pareceu reconhecer as montanhas em volta. Pareceu, mesmo, adivinhar que, saindo da BR 040 e pegando a estrada União e Indústria, alguns quilômetros adiante encontraria uma estradinha de terra; volteando e subindo essa estrada, ele chegaria ao Retiro.

A vontade de ter notícias do Pacífico voltou; e, dessa vez, pressionou. Olhou o relógio: onze horas. O compromisso daquele dia era em Tiradentes, às oito horas da noite: *Sarau literário* numa das pousadas locais, especializada em sediar eventos culturais. A vontade venceu: atento a todas as indicações que apareciam no caminho, pegou a União e Indústria e foi dirigindo devagar rumo ao Retiro, se sentindo meio culpado por quebrar a promessa feita.

Achou que tinha reconhecido a entrada da estrada de terra. Enveredou por ela. Se lembrou da ansiedade com que, em criança, tinha vencido a pé ela toda, metro por metro, quilômetros e quilômetros de subida.

Freou o carro, emocionado, ao enxergar, afinal, o portão de ferro gradeado. Abriu a porta, saiu e foi andando devagar pro portão, disposto a repetir, naquele pequeno trecho, os passos dados na infância. Parou diante das grades. Olhou em volta. O isolamento e o silêncio continuavam os mesmos de vinte anos atrás. A mata; o banco em meio ao arvoredo; o caminho de pedra descendo a ladeira que levava ao plano mais baixo do terreno, onde a casa se escondia; o sino pendurado na coluna que sustentava o portão; a placa de pedra semiescondida por folhagens, gravado nela: RETIRO.

O Pollux nem percebeu o tanto de tempo que ficou ali parado, o ouvido absorvendo o silêncio; o olho, a paisagem; a lembrança percorrendo não só cenas da infância, mas também dos anos vividos longe da nossa Natureza exuberante. Mal se deu conta da mão pegando a corda do sino e fazendo ele badalar. Uma. Pausa. Duas. Pausa. Três vezes. Feito coisa que estava acordando de um sonho, as lembranças de repente se interromperam: o olho tinha acabado de ver o Pacífico subindo o caminho de pedra, e veio subindo com ele até o portão.

O Pacífico parou atrás das grades, olhou pro Pollux sem maior atenção e perguntou:

— Sim?...

Durante um momento o Pollux se sentiu incapaz de falar, de se expressar, nem que fosse com um simples sorriso. Se limitou a ficar olhando intensamente pro Pacífico.

Ficaram assim. De frente um pro outro, olho no olho, grade no meio.

A testa do Pacífico se franziu levemente; a expressão de interrogação que tinha acompanhado o *sim?* foi se transformando em surpresa e desconfiança.

— Pollux? — acabou perguntando.

O Pollux confirmou com a cabeça. Depois:

— Desculpa, sim?

Outra vez a expressão de interrogação apareceu na fisionomia do Pacífico.

— Quebrei a promessa que te fiz há vinte anos: estou aqui outra vez.

O Pacífico sorriu. O Pollux se sentiu encorajado:

— É que... de repente, eu senti uma verdadeira urgência de saber se você estava... bem.

O sorriso do Pacífico se alargou. A cabeça fez que sim.

— Eu li no jornal a notícia da morte da Ella.

Novo balançar de cabeça do outro lado da grade.

Pausa.

O Pacífico tirou uma chave do bolso, abriu o portão e, com um gesto, convidou o Pollux a entrar. O portão se fechou, a chave voltou pro bolso, o Pacífico se virou e deu um longo e afetuoso abraço no Pollux. Depois afastou ele um meio metro e estudou ele de alto a baixo. Pareceu satisfeito:

— Você era um menino, agora é um homem feito. Mas teu olhar não mudou: por ele eu poderia te reconhecer no meio de uma multidão.

— Quer dizer que... você não tinha me esquecido?

— Imagina!...

— E você me desculpa? ter vindo te procurar de novo?

— Pra vir morar comigo? — o Pacífico perguntou em tom brincalhão.

Querida

O Pollux riu:

— Fique descansado: passei aqui a caminho de Minas; estou a trabalho. Mas não resisti à tentação de vir saber notícias.

Se dirigiram pro banco, sem mesmo se darem conta de que estavam repetindo os passos do primeiro encontro. E o Pollux resumiu pro Pacífico a vida que tinha vivido nos últimos vinte anos.

O Pacífico acompanhou a narrativa com o maior interesse e, lá pelas tantas, comentou com um sorriso apreciativo:

— Então não me enganei, não é? quando disse que você devia ser escritor...

— É... Não só fui me interessando cada vez mais pela escrita e menos pela astronomia, como também a vida foi se encarregando de me empurrar pra que eu assumisse por completo a minha vocação de escritor. Muitas vezes me pergunto se eu teria me tornado um escritor profissional, vivendo do meu ofício e correndo mundo graças a ele, se a vida, ou a sorte, ou os deuses não tivessem me empurrado pros caminhos que empurraram...

E o Pacífico outra vez brincalhão:

— Começando pelo caminho dos cangurus...

— Pois é. Graças ao Roberto... — Meneou a cabeça. — Grande sujeito, sabia?... Graças a ele descobri, criança, o fascínio das viagens e ao longo de toda a minha adolescência e primeira juventude pude viver amplamente esse fascínio. Tanto que toda a minha escrita tem girado em torno de viagens e todo reconhecimento recebido resultou das viagens que fiz.

— Alto lá! Milhões de pessoas viajam sem que isso resulte em nenhum reconhecimento nacional e, muito menos, internacional.

— Sim, mas...

— Me parece mais acertado dizer que todo o reconhecimento resultou da habilidade que você tem em passar esse fascínio pros outros, quer dizer, pra quem lê teus livros. E, certamente, resultou também de muito trabalho da tua parte.

— Bom... — meio que encolheu o ombro —, ser escritor é sinônimo de ser trabalhador, não é? — Riu. — "Sou um trabalhador braçal do intelecto", como um amigo meu, também escritor, costuma dizer. Só que, com tudo isso, eu fui rotulado de "escritor de livros de viagens". — Olhou pra mata e suspirou resignado. — Como se escritor tivesse que se limitar a um único gênero. Imagina que no mês passado entreguei meu último livro, recém-saidinho do forno, pro meu agente literário, e foi só ele acabar de ler que já me telefonou, alarmado, pedindo que eu pensasse melhor antes de publicar o livro. Disse que eu ia frustrar meus editores e, pior!, meus leitores. — Deu um riso seco e se calou. Depois respondeu ao olhar interrogativo do Pacífico: — *Não* é um livro de viagens: é um romance. É a história de um escritor que, ainda moço, alcança notoriedade, fama, dinheiro, mas vive angustiado, se sentindo prisioneiro do sucesso alcançado. Pior: se sentindo ludibriado.

— Ludibriado?... Como assim?

— Ele fazia uma ideia romântica do mundo literário. Quando adolescente, se empolgou pelo *glamour* que cerca a vida de um escritor de sucesso. E é só quando ele próprio alcança esse sucesso que enxerga a cara feia que se esconde atrás da máscara do *glamour*. E, aí, começa a angústia dele. Porque... no fundo... ele é um cara... — sorriu — pacífico, e as pressões que vão crescendo em volta dele, a cada novo livro que ele escreve e faz sucesso, fazem também crescer dentro dele a sensação angustiante de... encurralamento. — Olhou outra vez com atenção pro arvoredo. Continuou a narrativa feito coisa que, agora, estava pensando em voz alta: — E o pior é que, mesmo se sentindo aprisionado, ele continua se submetendo a tudo que é pressão, a fim de se manter na trilha do sucesso: os lançamentos, as intermináveis sessões de autógrafos, as fotos, as entrevistas, ah! a epidemia de entrevistas que assolou o mundo literário!... as feiras de livros, os salões do livro, os congressos literários, os saraus literários, as academias literárias, os agentes literários, os críticos literários, os jornais literários... — Se virou bruscamente pro Pacífico: — Você sabe qual foi a primeira pergunta que o meu agente fez e, ainda por cima, usando um tom acusatório? "Em que prateleira das livrarias a gente vai colocar esse teu novo livro, Pollux?!" Hmm!... Cada vez mais nós somos pressionados a nos encaixar no que nos rotulam. E os rótulos vão se tornando cada vez mais estreitos: mistério, horror, autoajuda, juvenil, infantil, romance, suspense, viagens... a compartimentalização é cada vez mais sufocante. "Teus leitores vão te buscar na prateleira de viagens, Pollux! A frustração vai ser geral: esse teu livro não tem nada a ver com tudo que os teus leitores estão esperando de um novo lançamento teu. Ainda mais com aquele final tão pra baixo que você nos empurrou!" — Se virou pro Pacífico: — No final do livro o meu personagem cai de propósito de uma janela.

Ficaram um momento em silêncio.

— Mas foi tão grande assim o desespero do teu personagem diante das pressões do sistema? Ou melhor, das pressões que ele próprio alimenta?

— O meu romance, antes de mais nada, é uma história de amor. O personagem desenvolve uma relação meio complicada com uma leitora dele e... — Interrompeu com uma risada o que estava contando. — Bom, mas eu não vim aqui pra te contar histórias, já basta as que te contei no passado... — Se levantou. — Só vim mesmo pra saber notícias tuas e pra te dizer que aqueles dois dias que eu passei com você nunca me abandonaram.

O Pacífico se levantou também.

— Você está com pressa? Eu teria muito prazer se você almoçasse comigo.

— Eu ia adorar!

— Então vamos.

Se afastaram da clareira e foram descendo o caminho de pedra em silêncio. Mas quando entraram na cozinha o Pollux declarou:

Querida 199

—Vamos preparar o almoço juntos, faço questão. Não sou nenhum *chef*, mas não cozinho tão mal assim. Nessas minhas andanças pelo mundo tenho vivido muito tempo sozinho e, pra não ficar dependente de restaurantes, me habituei a cozinhar.

—Você não casou?

—Tenho tido namoradas... Por duas vezes experimentei uma vida em comum com uma namorada. A primeira vez foi quando resolvi passar uma longa temporada na Sicília esmiuçando aquela ilha. Um dia, em Siracusa, quando eu estava no porto fotografando um naviozinho... — procurou pratos e talheres, que foi botando na mesa — ...eu costumo complementar com fotos os apontamentos que vou escrevendo pelo caminho... Era uma embarcação muito pitoresca que fazia a travessia diária pra Malta... De repente senti um cheiro ma-ra-vi-lho-so de comida. Me senti faminto: fui atrás do cheiro e cheguei numa pequena *trattoria*. Entrei. Dei com uma mulher que, de cara, não só me

atraiu, como me recebeu com um sorriso lindo e um
gesto convidativo pra sentar numa mesa junto à
janela. Se afastou, mas voltou em seguida trazendo
pão, azeitonas e um vinho da casa que, quando
provei, aaaah!, era da melhor qualidade. Encomendei
uma *pasta*, que estava divina, e, enquanto eu comia,
meu olho ia seguindo a mulher. Ela recebia quem
chegava, corria de mesa em mesa, anotava pedidos,
desaparecia numa portinha no fundo da sala, voltava
em seguida, e, cada vez que o olho dela batia no
meu, o sorriso lindo voltava pro rosto dela e dava
uma acelerada no meu coração. Quando ela me
trouxe a sobremesa, eu já não aguentava tanto
silêncio entre nós: puxei conversa. Ela logo
respondeu: puxou também: a cadeira em frente.
Sentou e eu fiquei sabendo, por uma voz meio
cantada, meio arrastada, que ela não era siciliana,
veio do Norte; o italiano dela era mais fácil de
entender. E, além disso, ela arranhava o espanhol.
— Deu de ombros. — Mas, mesmo que ela não
arranhasse nada e só falasse javanês, eu já tinha

resolvido que a gente tinha que se entender. — Olhou significativamente pro Pacífico: — E se entendeu. E eu me deliciava olhando ela sentada ali na minha frente, contando como é que tinha se apaixonado pelo Sul, decidido morar em Siracusa, aberto uma *trattoria* e se exercitado nas receitas que a *mamma* tinha passado pra ela. Depois me contou como é que, nos dias de folga, pegava um *vaporetto* pra ir passear em Malta ou noutra ilha qualquer, e aí apontou pros fundos e explicou que morava lá mesmo, era só atravessar o pátio, que, por sinal, tinha uma parreira de uvas que era uma delícia!; falou que depois ela ia me mostrar as uvas e contou que, se tinha coisa que ela achava o máximo, era, no verão, tirar uma sesta debaixo da parreira embalada pela brisa que vinha do mar, escutando, vez por outra, o apito, ora breve ora longo, de um vapor chegando ou partindo. A essas alturas ela já tinha trazido outra jarra de vinho e me contou que se chamava Gina e, sem que eu perguntasse nada, disse que idade ela tinha, e, mesmo que tivesse trinta em vez de só dez anos mais do que eu, quanto mais eu olhava pra ela, mais eu achava que a gente tinha sido feito um pro outro, e tudo que ela contou foi contado com tanta graça, e ela riu tanto de tudo que o vinho me fez contar, que, quando a gente se deu conta, já tinha ficado de noite e era hora do jantar, e então a gente aproveitou pra tomar outra jarra de vinho e saborear uma comidinha que ela mandou preparar, e quando acabou o jantar eu quis conhecer a parreira e ela foi logo escolhendo duas ou três uvas pra eu provar, e aí apontou pro andar de cima e falou da vista que tinha da janela do quarto e que delícia que era acordar de manhã e ver o mar olhando pra ela, e aí eu fiquei na maior aflição pra ver a vista da janela, e foi bom demais acordar de manhã e ver ela olhando pra mim, não a janela, a Gina, e, como o efeito do vinho já tinha passado, mas eu continuava sentindo a leveza que eu senti desde o momento em que o meu olho bateu no dela, concluí que era ela e não o vinho que estava me fazendo tão bem, e daí, pra concluir que eu queria a Gina pra sempre, foi

Querida   *203*

isso, ó — estalou os dedos. Suspirou: — Passamos a
viver juntos.

— E o *pra-sempre* foi bom?

— Enquanto durou. O princípio foi
maravilhoso. Já o meio não foi tão bom assim. E o
final aconteceu justo quando a gente comemorava
um ano do sempre. A comemoração foi um desastre,
Pacífico, um desastre! com direito a uma cena de
ciúme de estarrecer, regada a gritos, soluços,
acusações, copos se espatifando na parede; pra ser
uma ópera completa só faltou derramamento de
sangue, que, felizmente, não ocorreu. — Suspirou
resignado. — Só porque eu tentei, *mais uma vez,* que
ela entendesse que eu precisava ficar sozinho pra
escrever e que ela não podia viver grudada em mim
dia e noite. Por mais que eu tentasse fazer ela
entender que escrever livro pede silêncio, pausas,
períodos de isolamento e reclusão, ela *nunca
entendeu.* E quando, já com meu livro adiantado,
sim, porque, aos trancos e barrancos, eu continuava
tentando ser escritor e "bom marido" ao mesmo

tempo, ela leu o primeiro rascunho que eu fiz do livro, a crise explodiu. — *Representando* a cena:

— "Mas você só escreveu sobre ela!" "Que *ela*, Gina?" "A Sicília! Você só fala dela, não fala nada de mim!" "Mas, Gina, eu vim pra cá pra escrever sobre a Sicília." "Mas você me disse, você me *jurou!* que a coisa mais importante que tinha te acontecido aqui foi ter me encontrado! E como é que agora você escreve um livro inteiro e não fala uma palavra de mim e do nosso amor!" "Mas, Gina, vê se entende! o nosso amor tem que ver com o Pollux-homem! pertence à *minha* vida; a Sicília tem que ver com o Pollux-escritor! pertence à vida do livro que eu estou escrevendo e que, depois, vai pertencer ao público, vai fazer parte da vida dos leitores! Para com esse negócio de misturar as duas vidas, de confundir uma com a outra!" — Finalizando a *representação:*

— Não adiantou: foi só nosso amor entrar em crise que eu não tirava mais o olho do meu material de trabalho, com medo que ela sumisse com aquilo tudo. Ela queria porque queria tempo e dedicação iguais às que eu dava ao livro. Em outras palavras: passou a competir com o livro. — Com um suspiro resignado: — Perdeu pra ele, é claro. Então pediu que eu fosse embora, e eu fui. — Vai pro fogão e destampa uma panela: — Olha, acho que esse arroz tá bom.

— Então deixa eu botar o suflê no forno.

— Eu vou lavando essas folhas pra salada.

— E a sobremesa?

— Já tem essas frutas, pra que mais?

— Ah! tem também um queijo aqui na geladeira que é bem bom. A gente podia comer com esse biscoito de água e sal. Ou com essa broa aqui, olha: ainda tem um bom pedaço.

— E café.

— Tá resolvido.

— Maravilha!

— E a outra?

— Que outra?

— A outra tua tentativa de viver juntos pra-sempre.

— Ah, tá. Foi uma variação sobre o mesmo
tema. Dessa vez eu estava no México: outro país em
que me demorei muito, estudando e fotografando as
diversas regiões. Queria fazer um livro narrando uma
viagem que fiz lá da Baja Califórnia até o Yucatán. E
foi justamente lá no sul, numa localidade próxima a
Cancun, que eu encontrei a Stella, uma irlandesa
da minha idade que andava fazendo turismo por lá,
com direito a short, sandália, mochila nas costas e
polegar levantado, pedindo carona na estrada.
Paixão à primeira vista de ambas as partes, ou
melhor, à primeira carona que eu dei pra ela. Três
dias depois do primeiro encontro chegamos à
conclusão de que, pra sermos felizes pra-sempre,
só tinha um jeito: vivermos juntos pra-sempre. O
ponto de partida dessa união foi o fato de nós dois
estarmos apaixonados pelo México. Falávamos *dele*
o tempo todo: a paixão se alastrou. E aquele começo
do pra-sempre foi uma delícia! Era paixão pelo
México, era paixão um pelo outro, era céu azul e sol
brilhando todo dia, eram águas cristalinas pra gente

se refrescar, acho que foi demais pra aguentar...
Então começou a acontecer uma coisa complicada:
como eu estava apaixonado pelo México, eu queria
escrever o México; como ela estava apaixonado pelo
México, ela queria *viver* o México. Ela reclamava que
eu escrevia ele demais; eu reclamava que ela vivia ele
demais. Era impressionante, sabia? Ela não sossegava
um minuto, queria assuntar cada canto do México,
queria descobrir tudo que é mistério que ele tinha,
extraía um prazer absurdo de cada descoberta que
fazia; eu comecei a sentir ciúme do México, e,
quanto mais ciúme sentia, mais eu me isolava num
canto qualquer pra escrever ele, e, quanto mais eu
escrevia, mais ela se ressentia de me ver grudado
naquele livro, e, cada vez que eu dizia não! pra
acompanhar ela numa nova excursão, lá vinha a
eterna acusação: eu gostava mais do livro do que
dela, e etc. e tal... No fim de oito meses o nosso
pra-sempre já estava em frangalhos. Então eu pedi
licença pra Stella e fui acabar meu livro na quietude
de um quartinho de fundos lá em Londres, onde o

Roberto estava servindo. Mesmo porque eu andava com uma saudade danada dele e da Querida. Felizmente não me senti nada culpado: afinal de contas, eu tinha deixado a Stella nos braços do México, não é?... — Se levantou: — Tô com uma fome danada, deixa eu dar uma espiada nesse suflê pra ver se vai demorar.

— E eu vou buscar um vinho muito especial que eu tinha comprado pra beber com a Ella quando... — Interrompeu a fala. O Pollux ficou surpreso de ouvir ele mencionar o nome da Ella. Mas o Pacífico deu um sorriu tranquilo e retomou a palavra: — Quando você contou dos vinhos que andou tomando com a Gina lá em Siracusa, eu pensei: taí, ele gosta de um bom vinho; que bela ocasião de abrir aquele que eu comprei! — Foi se afastando. — Ficou lá no quarto dela; vou buscar.

O Pollux se encaminhou pra janela. Ficou olhando, novamente com atenção, a paisagem; escutando, com igual reverência, o silêncio.

Durante o almoço o Pollux fez algumas tentativas para que o Pacífico *também* contasse uma história. Se não a história dele com a Ella, pelo menos um fato qualquer acontecido com eles ou, mesmo, com ele só. Mas o Pacífico logo respondia com outras perguntas, ora sobre as viagens do Pollux, ora sobre os livros que ele escrevia, ou sobre os planos que tinha. E reforçava:

— O contador de histórias é *você*, Pollux. Se eu *ainda* não me tornei teu leitor, pelo menos, já virei teu ouvinte. Conta mais! E o Pollux, estimulado pelo excelente vinho, foi contando e contando; e o Pacífico escutava com tamanho interesse que, embalados no prazer de contar-e-ouvir, os dois nem viam o tempo passar. Quando acabaram o café, o Pollux comentou que muitas vezes, ao se lembrar do Retiro, tinha tentado imaginar como era a casa....

— É verdade! — o Pacífico interrompeu —, você só conheceu a cozinha e o meu quarto, não é?

— E o banheiro — o Pollux completou, rindo.
— E por falar... — se levantou e fez um gesto de cabeça — ...ele ainda mora lá?

— Fique à vontade.

Quando o Pollux entrou no quarto do Pacífico, se sentiu emocionado: tudo continuava exatamente como a lembrança tantas vezes tinha mostrado. Foi pra frente da janela e contemplou a mata, o gramado, o banco... Se virou e passeou um olhar lento pelo quarto. No chão, junto da cama, um par de chinelos. Na mesinha de cabeceira, óculos e três livros. Se lembrou do Pacífico dizendo, no passado, que sempre lia mais de um livro ao mesmo tempo. Foi conferir os livros que ele estava lendo. Almofadas, cama, tapete, escrivaninha... tudo na mais perfeita ordem. Entrou no banheiro: escova de dentes, pasta, aparelho de barbear, pijama pendurado atrás da porta... Mas, então? ele continuava usando aquele pequeno banheiro, aquele pequeno quarto?.... E o resto da casa?... agora... com a Ella morta... o resto todo da casa... estava vazio?

Quando voltou pra cozinha o Pacífico já estava acabando de lavar a louça. Feito coisa que tinha escutado as indagações que o Pollux se fez, ele perguntou:

— Você ainda tem tempo?... quer conhecer a casa?

O Pollux nem consultou o relógio: fez logo que sim.

Sem dizer mais nada, o Pacífico tomou a dianteira e, com passadas lentas, saiu da cozinha e iniciou a apresentação da casa:

— Esta casa é bem antiga, sabe, Pollux... Aqui está a sala... Repara só o pé-direito... Olha as tábuas do assoalho... A Ella nunca modificou a planta da casa. Apenas restaurou o que o tempo e o abandono tinham estragado. Ela descobriu e comprou este sítio quando estava procurando um lugar pra... se retirar. Sempre gostou da montanha. Depois da crise que ocasionou a queda da janela, e depois de todos os tratamentos e cirurgias a que teve de se submeter pra... se recompor... parcialmente, ela se sentiu mais insegura do que nunca; não queria mais ser vista; se agarrou com a Natureza e deu as costas ao convívio social. Este sítio foi desmembrado de uma enorme fazenda de café que descia por aí tudo e se estendia por todo aquele vale lá embaixo. Ficou abandonado muito tempo, preso a um espólio difícil de resolver. A Ella se dedicou por completo ao restauro de tudo: gostava de casas antigas. – Retomou as passadas lentas. – Deste lado tem três quartos... Olha: um quarto vai conduzinho ao outro, como antigamente se fazia... Este primeiro quarto é o das máscaras... – Seguiu em frente. – Este aqui é o das vestimentas e adereços... Este terceiro é o quarto dela, quarto de dormir. E aqui, originalmente, era um outro quarto, que ela transformou neste banheiro. Ela gostava de banheiros grandes. Todas as peças da casa, com exceção do meu quarto, são espaçosas.

O Pollux olhava avidamente pra tudo, tentando absorver o que via. O Pacífico se virou e iniciou o caminho de volta. Ao atravessar o quarto de dormir, se deteve ao passar pela cama.

Esticou a colcha, que estava um pouquinho enrugada, deu uma afofada no travesseiro e retomou a caminhada de volta à sala.

Quando o Pollux entrou de novo no quarto das máscaras, parou de estalo: o olho tinha batido na máscara do ciúme. A máscara estava no meio de várias outras colocadas sobre uma mesa comprida e larga que ocupava grande parte da peça. Também sobre a mesa, os vários instrumentos, cuidadosamente dispostos, que ela usava na confecção das máscaras.

O Pacífico, não ouvindo mais os passos do Pollux, voltou e se deteve na porta do quarto. Em silêncio, observou o Pollux se aproximar da máscara do ciúme.

— Posso tocar nela? — o Pollux perguntou quando sentiu a presença do Pacífico.

— À vontade.

O Pollux teve ímpetos de ir correndo buscar a máquina fotográfica no carro e documentar aquilo tudo que estava vendo. Mas se conteve.

— Deixa eu abrir a janela pra você ver tudo melhor. Eu mantenho este quarto sempre com pouca luz pra não danificar o trabalho dela.

Quando entrou mais luz na peça, o Pollux examinou melhor as paredes do quarto: estavam tomadas por máscaras, umas penduradas, outras descansando em prateleiras, algumas fotografadas e emolduradas. Largou a máscara do ciúme e pegou a que tinha uma cabeleira branca e com a qual ele tinha visto a Ella pela primeira vez.

— Que trabalho impressionante, não é, Pacífico? Que perfeição que são estas máscaras!

— É. — E aguardou, impassível, o Pollux examinar detidamente várias máscaras. Depois fechou a janela e tomou a dianteira outra vez. — Esta porta grande, aqui da sala, abre pra varanda. Você lembra que a varanda rodeia grande parte da casa, não é? Você até dormiu numa das redes, lembra?

— O Pollux fez que sim. O Pacífico abriu uma porta.

— Deste lado da sala tem mais dois quartos... Neste primeiro a Ella fez sala de televisão, ou melhor, de

Querida

cinema: ela gostava muito de ver filmes... E este outro quarto aqui ela transformou em sala de leitura. Felizmente também gostava de ler. — Sorriu. — Aqui sobra tempo pra ler, não é? — Viu o Pollux se encaminhar pras prateleiras de livros e abriu as janelas de par em par. — Como você vê, a biblioteca é bem razoavelzinha... — E, outra vez, aguardou em silêncio o Pollux inspecionar várias lombadas. Quando achou que o Pollux tinha se dado por satisfeito, disse: — A Ella deixou testamento... Me fez herdeiro único.

Durante um tempo os dois ficaram em silêncio. Depois o Pacífico acrescentou:

— Quando ela morreu, eu pensei em ir m'embora daqui: achei que não ia suportar viver no Retiro sem ela... — O olhar foi se encaminhando pra janela à procura da mata. — Mas, nos dias que se seguiram, o que se mostrou mais insuportável pra mim foi a ideia de abandonar o Retiro. Pensar que outras pessoas iam se apossar do quarto dela, das salas onde ela

trabalhava, criava, se vestia, se preparava pra
fazer o teatro solitário que ela passou a fazer aqui,
era um pensamento que me castigava demais.
— Sacudiu a cabeça devagar. — Fui me dando
conta de que, ficando, eu podia continuar
servindo ela. De tal maneira esta casa absorveu o
jeito da Ella, o cheiro da Ella, os ruídos leves que
a Ella fazia, que, ficar aqui, cuidar disto tudo
que ela criou, me pareceu a única maneira de
continuar junto dela. Pela primeira vez na vida
lastimei não ter crença numa vida futura: se
tivesse, poderia, ao menos, alimentar a esperança
de que íamos nos encontrar de novo no... além...
— O olhar voltou sem pressa pro Pollux. — Então...
tomei a resolução de ir m'embora do Retiro no
dia em que for m'embora da vida. Posso fechar as
janelas?

O Pollux pareceu despertar. Fez que sim.
Consultou o relógio:

— Acho que tenho umas três ou quatro horas
de estrada até chegar em Tiradentes, não é?

— Por aí.

— Então vou ter que ir embora. Que pena!... — Olhou pro Pacífico. O Pacífico desviou o olhar. Hesitou um momento. Resolveu ir fechar as janelas e depois se encaminhou pra sala, seguido do Pollux. Disse em tom brincalhão:

— Hoje você não sai pela cozinha... Vamos sair aqui pela varanda.

Atravessaram o gramado, passaram pelos viveiros de orquídeas e começaram a subir a ladeira. Logo adiante o Pacífico se deteve e, como se estivesse completando um pensamento, comentou: — E, além do mais, aqui no Retiro eu tenho também a companhia delas... — Fez um gesto de cabeça pros viveiros. — Forneço orquídeas pra uma loja do Rio, sabe, eles vêm aqui periodicamente buscar novo estoque.

— Você tem muito com o que se ocupar aí nesses orquidários, não é?

— A Ella adorava orquídeas. Mas quando eu cheguei aqui só tinha uma meia dúzia lá na varanda.

Um dia me ofereci pra fazer um viveiro pra elas. Você lembra, não é? Era eu que cuidava das flores da Querida.

O Pollux se surpreendeu:

— Da Querida?

— Eu te contei... lembra? eu também chamava a minha mãe de Querida.

— Ah!... é.

— Não demorou pra termos que fazer um segundo viveiro e, depois, um terceiro: as orquídeas pareceram compreender como eram queridas pra Ella, e como a Ella era querida pra mim: resolveram se tornar *mais* queridas: começaram a se reproduzir, a se embelezar de maneira surpreendente. E mais: criaram um novo vínculo, uma nova união entre a Ella e eu: a gente trabalhava junto aí no orquidário, tratando delas, conversando sobre elas, planejando o futuro delas... Essa dedicação em comum ocasionou nossa segunda união. A primeira tinha sido a comida. A Ella nunca se esqueceu dos pratos que

Querida

eu tinha dedicado a ela, e que provou e aprovou lá no restaurante onde eu era *chef.* Tanto que, um dia, muito tempo depois dela ter desaparecido... — tirou o olhar do orquidário e deu pro Pollux —, ...quando ela assinou o pedido de divórcio que o marido mandou, ela decidiu se divorciar também do mundo lá fora: veio pro Retiro e fez circular a notícia de que tinha se mudado pra Itália. Imagina a minha surpresa quando, um belo dia, recebo uma carta, endereçada ao *chef* do restaurante, me perguntando se eu aceitaria o cargo de cozinheiro na casa dela. Explicava na carta que morava sozinha, não gostava de se envolver com comida, mas adorava comer bem. Dizia que podia me pagar o mesmo que o restaurante pagava e que, caso eu estivesse interessado, que viesse conversar com ela. Pedia, por favor, que eu não passasse a informação a ninguém. E desenhou um mapinha, indicando o caminho até aqui. Vim. No dia seguinte. E fiquei. Pra sempre. — Voltou o olhar pro orquidário. Fez um gesto de cabeça. — Elas têm me feito muito boa companhia. — Retomou a subida da ladeira em silêncio. Ele e o Pollux.

Já chegando perto do portão, o Pollux parou:

— Ah, Pacífico! não posso ir m'embora sem te contar outra coisa.

— Conta.

— Tive um sonho estranhíssimo! Sabe com quem? Com aquela dupla: o Bis e a velha da mala.

O Pacífico sorriu surpreso:

— É mesmo?!

— Você lembra deles?

— Claro que lembro.

— Sabe esse tipo de sonho que, às vezes, a gente tem? um sonho tão vivo, tão intenso, que, quando acorda, a gente acha que a realidade é o sonho sonhado?

— Sei muito bem... Quer dizer que você *também* não se esqueceu da dupla...

— Esquecer como, não é, Pacífico?, se a pobreza continua tão presente por toda parte, se, desde que voltei pro Rio, já vi tantos Bis pelas ruas, no meio do tráfego, vendendo bala, pano de chão e biscoito, jogando bolinha pro alto pra ver se descola um real... E, se não estão no tráfego, estão no tráfico, o que é ainda pior...

— ...e tanta mão de velha estendida pelas ruas, esperando alguém ajudar... — completou o Pacífico.

— Foi isso! — o Pollux exclamou. — Foi exatamente isso que a Velha me mandou fazer no sonho: anunciar a miséria deles. "Anuncia, anuncia!", ela dizia. "Pra ver se alguém ajuda", ela repetia.

— Como se a pobreza não estivesse bem à mostra e precisasse ser anunciada...

— Não sei se já foi *bem* anunciada, não sei... Só sei que estou planejando uma andança até o Piauí. Quem sabe a Velha ainda está viva e eu me encontro com ela e com o Bis?... Mas só vou depois de assuntar uma certa Lorena, que eu conheci lá no Rio... — acrescentou em tom brincalhão.

— *Dessa* você não me contou nada...

— *Dessa* ainda não tenho muito o que contar.
Nem sei se vai rolar um novo juntos-pra-sempre.

O Pacífico riu; depois quis saber:

— Você está mesmo pretendendo ir ao Piauí?

— Antes do sonho eu já tinha sacado que
chegou o tempo de concentrar minhas andanças em
chão brasileiro. E saquei também que, se acabei de
escrever um romance que não tem mais nada a ver
com viagens, é porque estou querendo, e precisando,
explorar outros territórios da escrita. Se os meus
editores e o meu agente não gostam que eu me
aventure por outros caminhos, paciência!

— Quem sabe, esse sonho que você teve com a
dupla traduziu essa necessidade?...

— É: quem sabe?... Afinal de contas, literatura
não deixa de ser isso mesmo: um "anúncio" público,
sempre meio disfarçado, que os escritores fazem de
suas próprias preocupações e anseios..., não é?

Pensativos, alcançaram o portão.

— Sabe, Pacífico, hoje, quando cheguei, fiquei
um tempão aqui parado, antes de bater o sino.

Querida

Estava curtindo o ar puro, o silêncio, a companhia de toda essa Natureza exuberante, livre de qualquer poluição sonora ou visual. E, de repente, eu senti que... sei lá... senti que, talvez, pra escrever os livros que agora quero escrever, eu tenha que me sentir menos preso a essa vida tão mundana que venho vivendo desde que... desde sempre, eu acho. Quero me sentir mais livre das pressões, das solicitações, da eterna correria atrás de mais prazeres, mais conforto, mais consumo, mais sucesso, mais... tudo. Acho que, uma hora dessas, vou ter que procurar também um Retiro pra mim... Quem sabe, num convívio mais estreito com a Natureza eu vou ficar mais bem preparado pros meus "exorcismos"...

— Tenho minhas dúvidas de que você aguentaria uma calmaria dessas por muito tempo...

Riram. O Pollux ficou esperando o Pacífico abrir o portão. Mas, como o Pacífico permanecia imóvel e pensativo, o Pollux resolveu falar:

— Pacífico, posso te fazer três perguntas?

— Três! De uma vez só?

— Uma de cada vez, prometo. — Meio que riu de novo. — Posso? São perguntas pessoais...

O Pacífico fez um gesto resignado:

— Se eu souber responder...

— Quando eu era criança, você me disse que tinha vindo pro Retiro *servir* a Ella...

— Sim, sempre servi. Primeiro na casa, sobretudo na cozinha. Depois nos orquidários, no sítio todo, em geral. Desempenhei com a Ella o papel que tinha sempre desempenhado lá em casa, ajudando a Querida em tudo que podia.

— Você disse há pouco que a primeira união de vocês foi feita pela comida...

— O que é coerente, não é? — brincou o Pacífico. — Afinal de contas, comida é a coisa mais importante pra todos nós... Não foi à toa que, quando vi que não tinha nenhuma chance na profissão que queria seguir, a de ator, eu resolvi ser cozinheiro...

— ...a segunda união — prosseguiu o Pollux — foi feita pelas orquídeas... Eu te pergunto: Existiu uma terceira união?

Querida

O Pacífico se demorou olhando pra mata. Depois sorriu significativamente:

— A terceira união, ou, melhor, a união definitiva, foi testemunhada por você...

— Por mim?

— ...em criança. Na noite em que estávamos conversando e a campainha tocou, lembra? Saí pra atender o chamado da Ella. A reação que você teve quando voltei pro quarto, já com o dia nascendo, me mostrou que eu trazia, estampada na cara, a transformação que tinha se operado em mim: eu estava... radiante. Você me achou estranho, lembra? Disse, e repetiu, que eu estava *diferente*. Claro que eu estava, Pollux! Naquela noite, quando bati no quarto da Ella e perguntei se podia entrar, ela me recebeu no escuro, ou melhor, iluminada pela luz da lua. Estava na cama, despida, e estendeu os braços pra mim. Fiquei ali parado, mal podendo acreditar no que via; já tinha me resignado a nunca receber aquele convite tão sonhado. Foi então que... estreamos as nossas noites de amor. E pude, afinal, começar a chamar a Ella pelo nome que sempre quis chamar.

— Querida? — o Pollux arriscou depois de uma pausa.

— Querida.

Guardaram silêncio durante um tempo. Depois o Pollux disse:

— Quando você aceitou a oferta de emprego que ela te ofereceu e veio aqui pro Retiro, qual foi a tua reação quando viu que ela tinha ficado... é... *diferente?*

— Ela me recebeu aqui. Exatamente aqui onde nós estamos agora. — O olhar foi voltando pra onde sempre fugia: a mata. — Usava um chapéu de ráfia de abas largas, caídas, e uns enormes óculos escuros... uns óculos que ela sempre botava nas poucas ocasiões em que tinha que encontrar alguém. Ficou aqui imóvel, me olhando. Ou me estudando, não sei: os óculos impediam uma definição. Então, vencido o primeiro impacto que senti no reencontro com ela, um reencontro que eu

Querida

nem esperava ter, e ainda mais assim: só nós dois
nesse cenário esplêndido, e a perspectiva de passar
a viver junto dela, fiquei do mesmo jeito: parado,
sem dizer nada, esperando apenas que meu olhar
revelasse tudo que eu tinha sentido e ainda sentia
por ela. E aí... aconteceu uma coisa bem estranha:
em vez de me afligir com aquela situação assim
tão... inusitada, comecei a me sentir gradualmente
tomado, digamos assim, por esse cenário grandioso
que eu via pela primeira vez. Me senti parte da
mata, do silêncio, só quebrado pela voz de uma ave
ou pela brisa que às vezes passava pra agitar a
folhagem. E me lembrei, de repente, do silêncio
que se fazia no teatro quando as luzes da plateia se
apagavam, cedendo lugar à iluminação especial
criada no palco pra ambientar a cena que ia
começar. Naquela hora também o sol poente
iluminava a Querida com uma luz tão especial!,
chegava mesmo a projetar nela a sombra das
grades deste portão... A magia do momento foi se
alargando: intuí que ela não era mais a mesma:

tinha ficado... *diferente*... Mas, sobretudo, intuí que tinha chegado a hora de realizar o meu sonho da adolescência: eu não ia mais ser um espectador: ia ser, já estava sendo!, um participante da vida do teatro. Como homem feito, eu chegava, enfim!, num grande teatro, onde o cenário era um arvoredo de raiz e seiva, e não pintado num telão; onde o sol e a lua substituíam os artefatos tecnológicos que iluminavam as cenas; e onde eu, somente eu!, seria o único e, quem sabe, eterno coadjuvante dela. A Querida, agora, estava diante de mim, só pra mim. – Silenciou. E só depois de um tempo pareceu se lembrar da presença do Pollux. Voltou o olhar pra ele. – Sabia? foi preciso convivermos muitos anos para, um dia, ela me contar que nunca tinha visto toda uma história ser contada unicamente pelo olhar de alguém. E me revelou o fato assombroso: tínhamos ficado meia hora naquele estranho colóquio. Quando, enfim, ela quebrou a imobilidade da cena, primeiro tirando o chapéu de abas largas, depois, os óculos escuros, e quebrando o silêncio pra dizer, num tom provocador: "Vê? eu não sou mais a mesma...", eu só disse: "Eu vim pra ficar."

E os dois ficaram outra vez em silêncio.

O Pacífico retomou a narrativa:

— Depois eu vi que os traumas, as cirurgias, os tratamentos recebidos tinham afetado também ela um pouco... mentalmente. Caía, com freqüência, em depressões... às vezes ficava muito agitada... Quando começamos a trabalhar juntos nos orquidários, ela foi melhorando. Um dia propus que ela voltasse às máscaras, que gostava tanto de criar, pra se sentir mais... dentro, digamos assim, de personagens teatrais que ela gostaria de representar. Sugeri que ela escolhesse qualquer clareira na mata, qualquer recanto do Retiro, pra fazer dele um palco. E garanti que estaria na plateia... Sabia? essas representações começaram a fazer bem a ela. Cada vez mais. Quando teve mais espectadores, na noite em que encarnou o Ciúme, se sentiu tão feliz!...

O Pacífico se calou e deixou o olhar fugir pra mata. O Pollux se demorou um tempo olhando pra ele.

— Obrigado pelas respostas, Pacífico. Desculpa se eu fui indiscreto. Mas eu estava tão curioso pra saber mais um pouco da tua história com a Ella...

— Te desculpar por quê? Que bobagem, Pollux! Mas... você não disse que eram três perguntas? Você fez duas.

— Não, é que uma foi muito curtinha. — O Pacífico franziu a testa. — Só quis saber se o nome com que você começou a chamar a Ella, depois da terceira união, tinha sido Querida.

— Ah...

O Pollux consultou o relógio:

— Bom... Agora tenho mesmo que ir. E já sei que vou chegar atrasado pro tal sarau.

O Pacífico tirou a chave do bolso e abriu o portão.

— Gostei muito da tua visita, Pollux; me senti muito bem conversando contigo... te ouvindo... Foi uma ótima ideia você ter vindo, obrigado.

— Quem tem que agradecer sou eu: esse nosso encontro, pra mim, foi tão importante quanto o primeiro.

Se abraçaram. Longa e afetuosamente. O Pollux seguiu pro carro. O Pacífico fechou o portão de ferro e desceu o caminho de pedra.

Pra você que me lê

Hoje, venho ao *Pra você que me lê* – espaço onde costumo vir pra te contar uma coisa ou outra sobre o livro que te encontro lendo – não mais pra falar da feitura do livro, ou das circunstâncias em que escrevi o livro, ou das dificuldades e prazeres que tive na criação de um personagem ou outro.

Ao botar um ponto final nessa página aí atrás que você acabou de virar, eu me demorei seguindo mentalmente o Pacífico descer o caminho de pedra. Quando, afinal, a imagem se apagou dentro de mim, caí em estado de...

empacamento verbal, digamos assim; perdi a vontade de conversar com você ou com qualquer outra pessoa. De modo que só vim pra te contar que eu não sei se o Pollux chegou a se encontrar de novo, já não digo com a Velha: ela estava muito velha quando embarcou de volta pra cidade natal, mas com o Bis. Da mesma maneira que não sei se o Pollux chegou a escrever a história da pobreza que encurralava aquela dupla e tantas mais.

O que eu sei é que, depois de alguns meses do Pollux e da tal Lorena viverem juntos pra-sempre, ela entrou em crise (não estou segura se foi crise de ciúme ou de solidão): não aguentou mais ver o Pollux sempre agarrado com um novo livro. E foi viver com um outro que, em matéria de literatura, se contentava, feito ela, em ser leitor...

Sei também, e disso tenho certeza absoluta, que, um belo dia, o Pollux recebeu pelo correio uma correspondência inesperada: o testamento do Pacífico legando o Retiro a ele. De *porteira*

fechada. Uma nota, escrita à mão, acompanhava o testamento e os papéis relativos à posse da propriedade. Trouxe pra você a nota
que o Pacífico escreveu:

Da mesma maneira que o Retiro me ajudou a encontrar a paz e a felicidade, espero que também te ajude a escrever os livros que você ambiciona criar.
Boa sorte!
Pacífico.

Até nosso próximo encontro —

Lygia

OBRAS DA AUTORA

Os Colegas - 1972

Angélica - 1975

A Bolsa Amarela - 1976

A Casa da Madrinha - 1978

Corda Bamba - 1979

O Sofá Estampado - 1980

Tchau - 1984

O Meu Amigo Pintor - 1987

Nós Três - 1987

Livro – um Encontro - 1988

Fazendo Ana Paz - 1991

Paisagem - 1992

Seis Vezes Lucas - 1995

O Abraço - 1995

Feito à Mão - 1996

A Cama - 1999

O Rio e Eu - 1999

Retratos de Carolina - 2002

Aula de Inglês - 2006

Sapato de Salto - 2006

Dos Vinte I - 2007

Querida - 2009

Este livro foi composto na tipologia Centaur, no corpo 13,5.
A capa em papel Cartão Supremo 250 g
e miolo em papel Pólen Bold 90 g.
Impresso na Markgraph Grafica e Editora Ltda.